그림이 기도가 될 때

그림이 기도가 될 때

초판 1쇄 발행 2021년 8월 30일
개정판 1쇄 발행 2023년 10월 26일

지은이 장요세파
펴낸이 정해종
디자인 유혜현

펴낸곳 ㈜파람북
출판등록 2018년 4월 30일 제2018 – 000126호
주소 서울특별시 마포구 토정로 222 한국출판콘텐츠센터 303호
전자우편 info@parambook.co.kr **인스타그램** @param.book
페이스북 www.facebook.com/parambook/   **네이버 포스트** m.post.naver.com/parambook
대표전화 (편집) 02 – 2038 – 2633 (마케팅) 070 – 4353 – 0561

ISBN 979-11-92964-60-7 03810
책값은 뒤표지에 있습니다.

수도원에서 띠우는 빛과 영성의 그림 이야기

그림이
기도가 될 때

장요세파 지음

파람북

그림, 영원을 향해 열린 창문

그림 앞에 서면 눈이 환해집니다. 침침했던 눈에서 무엇인가 걷히면서 보이지 않던 것이 보입니다. 그림은 제 눈이 어두워 보지 못하고, 제 몸이 무거워 들어가지 못했던 신비의 세계를 열어줍니다. 글을 좋아하고 글쓰기를 밥 먹고 잠자고 일하는 일상의 한 부분처럼 가까이하는 저에게 이미지가 형상으로 표현되는 그림은 그 자체로 하나의 신비입니다. 제게 없는 능력인지라 그림 앞에 서면 어떻게 이렇게 표현할 수 있는지 경탄이 절로 터집니다. 그러면 어느 순간 그림이 말을 걸어오는 것을 느낄 수 있고, 그것을 제 언어로 표현할 수밖에 없는 어떤 재촉 같은 것을 감지하지요.

그렇게 경탄의 줄기를 따라가다 보면 글과 형상이 이미지로 압축되는 어느 지점, 그 공동의 땅에 닿게 됩니다. 그리고 경탄은 고요의 찬미로 바뀌고 있음을 감지하지요. 종교가 같든 같지 않든 참된 것, 아름다운 것을 찾는 이들, 그것도 평생 자신의 삶을 걸고 그것을 찾는 이들은 어떤 지점에서 만나는 것 같습니다.

각자 다른 줄기를 더듬다 만나는 기쁨은 세상이 줄 수 없는 그 무엇, 자신이 실제로 맛보지 않고서는 결코 표현할 수 없는 어떤 것, 어떤 분과 만남의 기쁨입니다. 이 실재는 아무리 뛰어난 작품도 결코 완전히 표현해본 적 없는 영원한 탐구 대상이지요. 화가의 삶과 작품을 통해 영원을 향한 창문이 열리는데, 그것을 보지 않으려고 거부하는 일은 없을 것입니다.

　　그런데 어떤 이가 질문을 던집니다. 그림을 선택하는 기준이 있냐고, 있다면 어떤 것인지 궁금하고, 그것을 일러주면 그림을 보는 데 도움이 될 것 같다고 합니다. 이 말이 제게 멈추고 생각해볼 기회를 주었습니다. 왜냐하면 정해 놓은 기준이 있다거나 그에 따라 그림을 선별하지 않기 때문입니다. 그 이유는 제가 좋아하는 것만 따라가지 않고 열린 마음으로 그림을 대하고 싶기 때문입니다. 그런데 그림 앞에서 그림 속을 따라가다 보면 어떤 흐름이 있다는 점을 부정할 수 없습니다. 저도 모르는 사이에 눈과 마음이 머물게 되는 그림이 분명 있기 때문이지요.

어떤 그림은 그저 일별하는 것으로 제 앞을 마치 행인처럼 스쳐 지나가기도 합니다. 지나가는 행인을 이유 없이 붙들고 이리저리 캐묻고 살피지 않듯 그렇게 제 앞을 스쳐 갈 뿐입니다.

우선 탐미적 성향을 띠는 작품은 제 눈에 남지 않고 스쳐 지나갑니다. 마음이 머물지 않습니다. 그런 그림들이 제 눈에도 예뻐 보이긴 합니다. 하지만 그걸로 끝일 뿐, 하나의 세상을 열어주지는 못합니다. 아름답고 예쁜 것만을 찾는다면 사실 좀 위험하다고 말하면, 너무 심하지 않냐고 말씀하실 분도 계실 것입니다. 그러니 이유를 좀 설명해야 하겠지요. 예쁘고 곱고 고상하고 우아하고 아름다운 것만을 계속 찾다 보면 구부러지고 못나고 일그러진 것은 자꾸 배제하게 됩니다. 이것은 자연스러운 현상입니다. 일부러 성찰하지 않는 한 그리 움직입니다. 이것이 사람이라는 측면에서 생각해보면 장애 있는 분들, 사회 저변의 불우한 이들, 난민을 배제하면서 그들을 자신보다 못한 사람으로 여기는 경향으로 이어지기도 합니다.

유명한 구약성서학자 폰 랏은 이스라엘 최고의 미학은 제2 이사야
서의 "수난받는 종"이라고 합니다. 이 종의 모습은 이렇습니다. 침뱉음
당하고, 매 맞고, 수염을 뽑히고 그래서 사람의 모습이라고는 찾아볼 수
없다고 합니다. 그런데 알고 보니 이이가 우리의 죄를 대신 짊어지고 있
더라는 것입니다. 이런 정신을 참 잘 구현하고 작품으로 잘 표현하는 우
리나라 화가로는 김호석 화백이 있습니다. 그는 자연을 그려도 아름다
운 산수가 아니라 가을걷이 끝난 황량한 들판, 그것도 그럴싸한 산도 하
나 없는 황량함을 우리 앞에 내놓습니다. 그런데 그 그림이 가슴을 후벼
파고 들어옵니다. 그 황량함 앞에 우리를 잡아 세웁니다.

파괴적이고 폭력적이며 인간성과 세상을 비틀 뿐인 그림도 절로 걸
러집니다. 그것들이 세상의 한 단면을 보여주는 것은 사실이지만, 파괴
성 그 자체만을 추구하는 것은 삶에 생명을 가져오지 못하니까요. 현대
그림 중에는 이런 것이 너무 많습니다. 심지어 죽음과 타락을 찬미하는
그림은 우리 인간성을 그쪽으로 당깁니다. 무엇이든 부정적인 것이 긍

정적인 것보다 더 자극적이기 때문입니다. 히에로니무스 보스의 〈십자가를 진 그리스도〉나 고야의 〈곤봉을 들고 싸우는 사람들〉 같은 그림은 얼핏 보기에 상당히 폭력적이고 그로테스크하지만, 자세히 보고 있으면 화가가 의도하는 바는 오히려 그 반대임을 알 수 있습니다.

그렇다면 저를 잡아당겨 세우는 그림은 어떤 것들일까요? 생명, 자유, 용서, 사랑, 초월적인 것, 인간의 내면을 표현하는 것, 종교적인 것들을 표현하는 그림들은 가만히 있는 저를 잡아당겨 세웁니다. 우선 화가의 삶이 그 안에 녹아 있고, 더 들어가면 화가 자신마저 넘어 저 먼 어떤 것, 인간의 눈에 희미한 어떤 것 혹은 실재가 우리 앞에 턱 놓이는 체험을 하게 됩니다. 이것은 어설픈 종교체험보다 훨씬 강렬하게 인간을 초월적 실재 앞에 놓아줍니다. 더욱이 형식적인 예배, 틀에 박힌 기복적 기도로는 가까이 가보지도 못할 세계를 열어줍니다.

그런 의미에서 이 세상이 지속하는 한 예술 또한 끊어지지 않고 지속하리라 믿습니다. 그래서 제게는 없는 능력, 그래서 생겨나는 부러움과 질투조차 넘어서는 훨씬 더 큰 경탄을 터트리게 만드는 화가와 그 작품을 만나는 일은 제 삶을 몇 배로 확장해줍니다. 제가 살아보지 못한 영역을 마치 제 것인 양 잠시 누리게 해줍니다. 감사할 뿐이지요.

그 신비의 세계를 향해 함께 길을 걷고, 그 길의 방향을 가리키는 시토회 트라피스트 수도공동체와 저의 동료들에게 감사와 함께 이 책을 바칩니다.

2021년 여름
요세파 수녀

차례

2___ 감돌아 머무는 향기

3___불꽃이어라

I

상처 입은 치유자

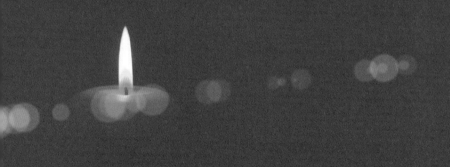

렘브란트 반 레인(Rembrandt Harmenszoon van Rijn), 〈돌아온 탕자(Return of the Prodigal Son)〉(1668~1669)의 일부분, 캔버스에 유채, 러시아 상트페테르부르크 에르미타슈 미술관 소장

죄를 허락하는 사랑

머리를 굴릴 필요 없이 그저 멍하니 서 있는 것, 그것 하나만으로 충분한 그림입니다. 시대를 초월해 어느 세대에나 깊은 말을 걸어오는 작품이지요.

그렇다 해서 아무런 해석도 필요하지 않다는 말은 물론 아닙니다. 어떤 내면에 강한 충동이 있다면, 그것 자체가 이미 강한 해석이니까요. 그리고 그 해석은 작품의 또 다른 창조이기도 합니다. 이렇게 깊은 감동을 주는 작품일수록 해석의 폭과 깊이도 다양해질 수밖에 없습니다.

이 그림에서 빛이 가장 강렬한 부분은 아버지의 손과 얼굴입니다. 모든 것을 탕진하고 삶의 밑바닥에서 존재의 바닥을 체험한 후에야 자신의 모습에 눈뜬 아들을 아버지는 굽은 등을 더 굽혀 양손으로 감싸 안습니다. 그리고 이미 많은 이가 알듯이 양손이 현저하게 다릅니다. 한 손은 작고 부드러운 여성의 손이며, 다른 손은 힘 있고 투박한 남성의 손입니다. 비록 우리는 하느님을 멀리 떠날지라도 언제나 따뜻한 사랑을 끊임없이 쏟아부으며, 상처를 치유해주고, 부족한 곳을 어루만지는 하느님의 마음을 이 부드러운 손이 드러내줍니다. 지극한 어머니의 마음입니다.

다른 한편 하느님은 어떤 부모도 그럴 수 없을 만큼 냉정하십니다. 우리 삶 안에서 어떤 도움이나 위로도 없이 처절하게 내팽개쳐지는 체험 뒤에 인생과 삶, 사랑을 새롭게 깨달았을 때 느끼는 엄격한 하느님 사랑이 있습니다. 굶주릴 대로 굶주린 아들에게 돼지 먹이로 주는 쥐엄나무 열매조차 주는 이 없는 상황에서도 아버지는 어떤 도움은커녕 눈길 한 번 주지 않습니다. 인간 아버지로서는 누구도 이럴 순 없을 것입니다. 그동안 냉정했더라면 당장이라도 달려가 씻기고 먹이고 입힐 것입니다. 그러나 하느님은 그렇게 하시지 않습니다. 만약 이렇게 한다면 아들은 당장은 후회의 눈물을 쏟으며 자중하는 듯해도 얼마 못 가 다시 예전의 모습으로 돌아갈 것이 자명합니다. 이렇듯 하느님은 냉정하시지만, 그 이유는 너무도 분명합니다. 그 아들이 참생명을 찾기를 원하시기 때문입니다. 자신의 참모습에 눈뜨고 진정한 생명을 찾으려면 죽음이 필요하기에 그 죽음을 허용하는 것이지요. 과수원 주인이 급하다고 설익은 열매를 따지 않는 것과 같습니다.

이처럼 하느님 사랑의 양면성은 인간 사랑에서 드러나듯 반대 방향을 향하지 않고 무조건적 수용이라는 한 방향을 향하고 있습니다. 집 나가 있는 동안 그가 무슨 짓을 했는지 아무것도 묻지 않았을 뿐만 아니라, 복음서에 따르면 멀리서 오는 아들을 미리 알아보고 달려나가 맞이했다고 합니다. 가족의 틀을 거부하고 아버지의 권위를 내팽개치며 유산을 일찌감치 다 챙긴 못 돼먹은 행태에 대해 아무것도 묻지 않습니다.

그러나 그 이상으로 비정한 아들을, 그가 원하는 대로 떠나보낸 아버지의 마음에서 감히 짐작해보기도 어려운 엄청난 사랑이 숨어 있습니다. 유산이란 아버지가 죽은 후에나 받을 수 있는 것이므로, 자기 몫의 유산을 미리 챙겼다는 것은 아버지를 아버지로도 여기지 않았다는 뜻이지요. 이 아들에게 아버지는 이미 죽은 것이나 다름없는 존재지요. 자신의 권위 아래서 얻을 것이 아무것도 없다고 여기는 아들, 어쩌면 아들이기조차 거부하는 아들을 그가 하고자 하는 대로 하게 합니다.

이 사랑을 어떻게 알아들을 수 있겠습니까?

죄를 허용하는 사랑! 존재를 있는 그대로 받아들이는 사랑! 자신을 떠나가는 것마저 허용하는 사랑! 이 비정한 아들은 모든 것을 탕진하고 나서야 마침내 아버지의 사랑을 깨닫습니다. 죄가 죄로 드러날 때 비로소 보이는 사랑이 있습니다. 하느님 자비의 바다에는 죄도 차지할 자리가 있는 것입니다. 이 세상 어떤 죄인이나 극악무도한 이도 여기서 배제되지 않습니다. 세상 어떤 극악무도함도 이 자비의 바다에 빠지기만 하면 바닷속 한 방울 물보다 작게 됩니다.

이런 사랑 앞에서라면 좀 배짱 있게 하느님을 사랑해볼 수 있지 않겠습니까? 모든 것을 탕진한 아들처럼 온갖 잘못을 저지른 후에도 되돌아갈 수 있는 아버지이신 하느님! 참 뒤가 든든하지 않습니까? 우리는 아흔아홉 번 잘못을 저질러도 백 번 돌아갈 곳이 있습니다. 아니 그 이상 헤아릴 숫자가 없습니다.

유다의 배신, 우리는?

　참으로 단순하되 그래서 비감함마저 느껴지는 그림입니다. 설명할 필요도 없이 이 그림은 예수님을 배신하는 유다의 입맞춤을 그렸습니다. 이 장면을 그린 그림 중에서도 이 그림은 참 독특합니다. 어떤 독특함이 있는지 살펴봅시다.

　유대인들이 예수님을 배척하며 돌을 던져 죽이려 하자 요르단강 건너편으로 피해가셨다고 하는데, 바로 이 장면 후에 죽은 라자로를 살리기 위해 다시 유대 지방으로 가시는 대목이 나옵니다. 이때 제자 토마스가 "우리도 스승님과 함께 죽으러 갑시다"라고 말합니다. 적어도 이 순간에는 모든 제자가 같은 심정이었을 것입니다. 멀쩡한 남정네들이 자신의 생업을 팽개치고 가족도 뒤로하고 예수님의 뒤를 따랐을 때 무엇을 보았겠습니까? 자기 한 몸의 구원이었겠습니까? 단순히 출세 영달을 좇았겠습니까? 그들 역시 보통의 인간들이었으니 이런 마음도 없지 않았을 터입니다. 그러나 이것만으로는 이들의 무조건적 추종을 설명할 수 없습니다.

〈유다의 배신〉, 유다의 입맞춤을 묘사한 익명 화가의 그림

그들은 예수 안에서, 그분의 인격 안에서 이스라엘이 그토록 기다리던 민족 해방자, 더 나아가 온 세상 백성을 위한 구원자를 보았을 것입니다. 그런 분과 그분의 놀라운 사업을 위해서라면 이 한목숨 바칠 수 있다고 생각하지 않았겠는지요.

아마도 다른 지도자였더라면 토마스의 이 말을 계기로 자기 추종자들의 의식을 돋구어 죽음마저 불사하며 자신의 사업에 뛰어들게 했을 것이 틀림없습니다. 그러나 이 묘한 존재인 예수님은 토마스의 이 말을 듣는 둥 마는 둥 그저 자신을 죽일 음모를 꾸미는 유다 지방으로 발길을 향할 뿐입니다. 아마도 여기서 예수님이 제자들에게 용기를 북돋우어주었다면 유다는 예수님을 배신하지 않았을지도 모르겠습니다. 이 그림 속 유다의 강렬한 눈빛에는 바로 이 마음, 일종의 원망이 담긴 마음이 담겨 있습니다.

맨 처음 그렇게 힘찬 하느님 나라에 관한 선포는 어찌 되었습니까? 그렇게 열광하며 따르던 무리가 하나둘 떨어져 나가도 개의치 않고, 군중의 몰이해가 점점 깊어져도 어떻게 해볼 생각도 없는 이 희한한 인물 앞에 유다는 얼마나 당혹했을까요? 자신들의 꿈, 아니 이스라엘이 그렇듯 오래 기다려온 꿈은 어찌 되는 것입니까?

이미 십자가를 향해 자신의 걸음을 내디딘 예수님에게도 제자들의 이 처절한 심정을 담은 눈빛은 엄청난 고통이요 유혹이었을 것입니다. 예수님인들 그 신명나는 하느님 나라가 살아생전에 이루어지기를 왜 바라지 않았겠습니까? 그러나 그것은 그리될 수는 없는 일! 가장 아끼던 이들마저도 이해할 수 없는 이 길, 오직 십자가의 길을 통해서만 사랑이신 하느님의 뜻이 이루어짐을 예수님은 도저히 설명할 수도 이해시킬 수도 없었습니다. 그리하여 자신이 가장 아끼던 이가 자신을 배신하는 고통마저도 감수할 수밖에 없었습니다.

이 그림은 이러한 상황을 참 잘 담아냅니다. 유다는 배신의 키스를 하면서도 뚫어져라 예수님의 눈을 바라보고 있습니다. "당신 어찌 이럴 수 있습니까?"라고 따지는 듯한 얼굴입니다. 돈으로 팔아먹는 상황이라면 이런 장면이 나올 수는 없습니다. 그러나 예수님은 오히려 유다의 눈이 아니라 먼 곳을 바라보십니다. 그의 항변에 대답할 수도 없지만, 그의 길을 막을 수도 없는 아픔과 그를 향한 끝없는 사랑 그리고 모든 것을 받아들이는 그 마음이 고스란히 담긴 눈빛입니다.

어쩌면 유다는 "지금이라도 마음을 돌려요. 우리가 목숨이라도 내놓을 테니 무엇인가 확실하게 해보자고요." 이렇게 외치고 싶었는지 모르겠습니다.

이것이 바로 우리의 마음, 생각, 처지가 아닙니까? 누가 유다에게 손가락질할 수 있겠습니까? 십자가 앞에, 고통 앞에 취하는 우리의 태도가 아닙니까? 꽤 의식 있다는 사람들이 취하는 태도 아닙니까? 십자가와 영광, 영광과 십자가를 혼돈하는 수많은 유다의 착각입니다. 우리는 한 가지라도 제대로 경험했다면 예수의 길로 갈 수밖에 없겠지만, 언제라도 유다가 될 가능성이 있는 존재입니다.

겁쟁이들의 부활체험

예수의 십자가 처형 전후에 보인 제자들의 태도는 사실 참 실망스럽습니다. 영웅 이야기에 흔히 등장하는, 목숨을 걸고 영웅을 따르는 부하들의 모습은 아예 들어설 틈이 없습니다. 겁쟁이도 그런 겁쟁이가 없습니다. 숨고 도망가기 급급했습니다. 베드로는 세 번이나 예수를 부인하기까지 합니다. 그렇다고 누구도 쉽사리 베드로를 비난할 수는 없습니다. 그만큼 죽음, 십자가, 고통은 인간에게는 감당하기 힘들 만큼 무거운 짐이기 때문입니다. 한 무리의 남자들이 다락방에 숨어 전전긍긍하는 모습 참 상상하기도 민망할 지경입니다. 두려움은 인간에게 수치심도 체면도 다 앗아가버리고 맙니다.

그런데 이 겁쟁이 무리가 어느 날 갑자기 예수님의 부활을 예루살렘 전체에 선포하고 다닙니다. 조금도 두려워하지 않은 모습을 사람들은 의아하게 바라봅니다. 두려움 끝에 단체로 실성이라도 했을까요? 어떤 의미로 보자면 실성한 게 맞는 말이기도 합니다. 성령으로 실성한 것이지요. 그리고 이렇게 성령을 체험한 이들은 마치 전혀 다른 사람이라도 된 양, 180도로 바뀝니다. 숨기는커녕 유다 지도자들이 눈에 불을 켜

12세기 시토회 한 수도자의 그림

고 달려드는 마당에 사람들 앞에서 이 부활하신 예수를 선포합니다. 숨어 있던 다락방으로는 아예 가지 않습니다.

부활, 새 생명만이 이 십자가에 전혀 다른 빛을 비출 수 있습니다. 이 새 생명에 이르는 길인 십자가를 막았기에 예수님은 베드로를 그리 심하게 질책하셨던 것이지요.

우선 이 그림을 한번 봅시다. 예수님은 십자가에 매달려 계시지만 무겁고 처절한 느낌은 없고 굽혀진 무릎은 지금이라도 훌쩍 날아내릴 것처럼 가볍게 보입니다. 이뿐만 아니라 예수님이 매달려 있는 나무는 살아 있는 푸른색이요 둥글게 굽어 있어, 가지가 잘려 있는 상태임에도 살아 있는 생명나무를 연상하지 않을 수 없습니다. 예수님의 손과 발 그리고 가슴에서 흐르는 피는 죽음을 알리는 처참한 형상이 아니라, 주변을 향해 퍼져나가는 것 같습니다. 특히 이 피는 생명나무로 스며들어 수액으로 흐르고 있습니다. 십자가 맨 아래 삼각형으로 잘린 부분은 나무 속이 그 피로 붉게 물들어 있음을 보여줍니다.

이 십자가는 이미 빛입니다. 인간에게 해방과 구원을 가져와 새 생명을 잉태하게 하는 참된 힘, 지혜, 생명입니다.

이 그림에서 왼쪽에는 성모 마리아, 오른쪽에는 복음서를 손에 든 요한이 서 있습니다. 설명할 필요도 없이 이분들의 표정은 고난을 넘어 신비 속에 몰입되어 있습니다. 십자가와 죽음의 고통이 이미 이 두 사람을 짓누를 수 없습니다. 이 그림을 그린 이름 모를 화가는 십자가에 달린 분의 지극한 사랑과 일치되어 예수님과 온전히 같은 마음이 되어버린 모습을 그리고 싶었으리라 생각합니다.

이 그림은 12세기 시토회의 한 수도자가 이콘을 바탕으로 그렸으며, 예수 그리스도의 십자가와 부활에 대한 체험을 고스란히 드러내주고 있습니다. 부활을 체험했느냐 여부가 십자가를 이렇게 전혀 다른 빛으로 보게 합니다. 십자가는 어둠 속에서만이 아니라 빛으로도, 즉 양방향으로 보아야 합니다. 놀라울 따름입니다. 나도 이 그림 속으로 들어가고 싶습니다.

엉터리없는 계산법

한 번으로 그치지 않고 또다시 그 앞에 돌아오게 하는 작품입니다.

돌아온 아들, 유산을 미리 받음으로써 이미 아버지를 포기해버린 아들이 돌아왔습니다. 아버지임을 거부하고 그 대신 손에 넣은 그 유산을 모조리 탕진하고 몸과 마음이 거덜 난 아들을 그 아버지는 눈물로 받아들입니다.

볼수록 새로운 것이 와닿게 하는 그림인지라 그 새로움 앞에 다시 섭니다. 아버지임을 거부당한 아버지, 그러나 아들이 거부한다 해서 아버지임이 사라질 수 없는 법입니다. 아버지임을 거부하는 아들을 받아들임으로써 더욱 아버지가 된 아버지.

어찌하면 이 마음에 가닿을 수 있을까요? 나도 모르는 내 마음의 깊은 곳에서 이 갈망이 솟아오르며 복음서 안의 또 다른 장면이 하나 떠오릅니다. 약은 청지기와 주인의 모습입니다. 주인의 재산을 탕진하다 들켜 그 자리에서 쫓겨나게 된 청지기가 빚진 이들을 불러 밀 백 섬을 여든 섬으로, 기름 백 항아리를 쉰 항아리로 삭감해줍니다. 그런데 주인은 어이없게도 자신의 재산을 탕진한 이 청지기를 칭찬합니다.

렘브란트 반 레인(Rembrandt Harmenszoon van Rijn),
〈돌아온 탕자(Return of the Prodigal Son)〉(1668~1669), 캔버스에 유채, 러시아 상트페테르부르크 에르미
타슈 미술관 소장

내 작은 마음과 머리로는 이해할 수 없었고, 오랫동안 이 복음은 제게 수수께끼로 남아 있었습니다. 당연합니다. 이 복음을 즉시 이해할 수 있다면, 그것은 거짓이거나 천국에 들기 직전의 사람일 것입니다. 왜냐하면 우리의 계산법은 너무도 다르기 때문입니다. 우리의 계산으로는 두 개 뺏기면 한 개 정도는 찾아와야 하고, 내가 10시간 더 일했다면 보수는 없더라도 최소한 칭찬은 받아야 하고, 선행을 했으면 감사 정도는 돌아와야 합니다. 이 정도는 그래도 착한 편이지요. 남이 내게서 한 개를 뺏으면 나는 두 개를 빼앗아야 하고 심지어는 아무것도 뺏지 않은 사람에게서도 빼앗아야 하는 사람이 널려 있는 세상의 계산법, 즉 내 것은 내 것이요 네 것도 내 것인 계산법으로는 이 복음을 도통 이해할 길이 없습니다.

　어느 날 이 엉터리없는 계산법이 자신에게 적용되었음을 깨달을 때, 나의 용납할 수 없는 배신이 전부 용서되고, 거기에 더해 한없는 사랑이 부어지고 있음을 깨닫는 순간에 비로소 열려 오는 새로운 세상에서야 이해할 수 있는 계산법이었습니다. 아무것도 어려울 것 없는 이 복음이 이해되지 않은 것은 나의 계산법의 문제였으며, 하느님의 계산법이라는 영역으로 들어가야 한다는 사실을 깨닫는 순간의 환희를 대체 어떤 언어가 있어 표현할 수 있을까요?

　나의 욕심이 나의 주인이 되지 않고, 나뿐 아니라 모든 이를 용서하고 받아들이시고 사랑하시는 하느님의 사랑이 지배하는 세상에서 살도록 초대하는 복음입니다. 너와 나 모두 한 사랑을 품고 있는 세상, 내 욕심, 네 욕심 모두 하나의 사랑으로 변모되어 내가 너를 위하고 너는 나를 위하는 그런 세상입니다.

이런 세상을 꿈꾸는 것만으로도 행복하지 않은가요.

엉터리없는 계산법

손해 보는 하느님

낭비벽 심한 하느님

약은 청지기

약은 수 들통 나 쫓겨날 마당에

다시 재산 탕진해도

백성을 위한 낭비였으니

잘하고 또 잘하였노라 하시네.

유쾌 상쾌 통쾌를 외치는 세상에서

이런 하느님

만고에 도움이 될까.

밑져야 본전이라는데

막판 계산법조차 통하지 않는 하느님

다 퍼주어야 넉넉해지는 계산법

다 퍼주고도 모자라

자신마저 내놓으시네.

다 내어주시곤

내 안에서

훨훨 날아다니시네.

엘 그레코(El Greco), 〈성령강림(The Pentecost)〉(1596~1600), 캔버스에 유채, 마드리드 프라도 미술관

일치의 영

신약성경 사도행전의 성령강림 장면을 담은 엘 그레코의 그림입니다. '사도행전'이라는 말 그대로 사도들의 행적을 담은 성경입니다. 여기에서 사도들은 성령강림 전까지는 다시 살아나신 예수님을 뵌 여인들의 증언에도 불구하고, 부활에 대한 확신 없이 자신들마저 잡아들이려는 유대 고위성직자들이 두려워 다락방에 숨어 지낸 사실을 숨기지 않고 솔직하게 고백합니다.

더구나 다른 많은 이가 아예 뿔뿔이 흩어져 제각각 자신들의 길로 되돌아가고, 한때 유대 전역을 휩쓸던 신명나던 예수라는 바람은 흔적도 없이 사라져버린 상황이었습니다. 예수를 중심으로 일었던 희망도 단지 자신들이 한때 꾸었던 허망한 꿈으로 끝나는지 의심과 불안, 두려움이 다락방을 가득 채우고 있었습니다. 이미 많은 이가 제 갈 길로 가버렸듯이, 이들의 마음도 이제 바람에 흩날리는 왕겨처럼 갈가리 흩어져 있었습니다.

이 시점에서 성령강림까지 이 겁먹은 사도들의 놀라운 변화를 사도행전은 손에 잡힐 듯 생생하게 전해줍니다. 성경 안에서 이 부분처럼 신명나는 장면도 찾기 어렵습니다. 읽고 있노라면 나도 그 장면 속으로 들어가고 싶은 충동이 느껴질 정도이지요. 이 과정은 인간 공동체가 참 일치에 이르는 길이 어떤 것인지를 선명하게 보여주는 장면이기도 합니다. 그 생생한 길을 한번 따라가 봅시다.

예수의 체포, 십자가 죽음으로 사도들이 겪은 공황 상태에도 불구하고 여명 같은 빛이 그들을 비추었는지 열한 제자와 부인들, 예수의 어머니 마리아와 몇 사람은 흩어지지 않습니다. 비록 다락방에 숨어 있을지언정……

생의 가장 밑바닥에 이르는 체험을 이렇게 공동체가 함께 겪는다는 것 자체, 밑바닥에 이르러도 각자 살길을 찾아 뿔뿔이 헤어지지 않는다는 것 자체가 이미 은총이 작용하는 자리입니다. 아무것도 할 수 없는 무력함의 밑바닥에서 이들은 한마음으로 기도에 전념하고 배신자 유다 대신 마티아를 사도로 뽑습니다. 그러나 아직 그들은 죽음을 넘어선 생명과 그 생명과 끊으려야 끊을 수 없는 죽음의 의미를 알아듣지 못하고 있습니다.

이런 상태에 있는 공동체 위로 어느 날 성령이 불혀로 쏟아져 내립니다. 쏟아져 내리되, 한꺼번에 소낙비로 퍼붓는 것이 아니라, 각자에게 각각의 불혀로 내립니다. 성령강림이란 한마디로 종합할 수 없을 정도로 각자에게, 그것도 일생에 가장 강력하고 개인적인 체험을 하게 됩니다.

이 성령강림 후에 위의 사도들의 태도는 180도로 바뀝니다. 두려움과 의심, 불안은 그야말로 눈 녹듯 사라져버렸습니다. 생기와 힘, 확신, 죽음을 넘어선 생명과 예수 그리스도의 현존 체험이 공동체 전체 안에 펄펄 살아 움직였기 때문입니다.

예수를 세 번씩이나 명백하게 부인했던 베드로는 열한 사도와 함께 일어나 유대인들에게 그 유명한 오순절 설교를 합니다. 그의 말을 듣고 그날 세례받은 사람만 삼천 명이 된다고 사도행전은 전해줍니다. 예수의 영에 사로잡힌 이들은 예수의 마음이 되어 앓는 사람을 보고 그냥 지나치지 못합니다. 그분의 힘에 믿음을 두고 이들을 치유해줍니다. 앓던 이들, 마귀에 사로잡혔던 이들이 해방의 체험으로 이들의 기쁨에 합류합니다.

이제 이보다 더 놀라운 일이 일어납니다. 신도들이 모두 함께 지내며 가진 것을 내어놓고 모든 것을 공동으로 소유하며, 한마음 한뜻이 되었다고 전해줍니다. 사도들은 확신에 차서 예수께서 생전에 행하시던 일들을 똑같이 행합니다. 앉은뱅이를 낫게 하고 죽은 이를 살립니다. 사람들을 끌어당기는 힘찬 생명의 말씀이 터져 나옵니다. 사도행전을 유심히 보면 이 놀라운 행적보다 신도들이 한마음 한뜻이 되었다는 데 더 포인트가 있음을 느낄 수 있습니다. 왜냐하면 그 체험 자체가 이 연약한 무리에게 너무도 놀라웠기 때문입니다. 아마도 이것은 이 일치를 체험해본 사람만이 알 수 있는지 모릅니다. 예수 생전에 자신들이 얼마나 철저히 자기중심적인 인간들인지 그들 스스로 잘 알고 있었지요.

잘난 척하기 좋아하던 베드로, 나서기 좋아하면서도 겁 많던 베드로 그리고 그와 별반 다름없는 다른 제자와 믿는 이의 무리, 그들을 이토록 달라지게 한 것은 대체 무엇입니까? 한마디로 장수를 잃은 오합지졸의 무리처럼 내세울 것도, 용기도 없던 이들이 어떻게 한꺼번에 이렇게 바뀌었을까요? 예수를 빌라도에게 넘겨 십자가형에 처한 유대인들의 가슴을 그때보다 더 철렁하게 만든 이들의 확신에 찬 말과 행동, 기적은 어디서 온 것입니까?

사도행전은 이것이 성령강림의 체험이라고 합니다.

사도행전은 이때 모두 한곳에 모여 있었다고 합니다. 한곳에 모여 있다는 것은 참 중요합니다. 뿔뿔이 흩어졌지만, 예수의 부활을 체험한 소수의 사람들을 중심으로 한자리에 모이기 시작합니다. 복음사가 요한이 말하는 대로 예수님은 흩어진 백성들을 하나로 모으기 위해 십자가 위에 돌아가셨음을 비로소 체험으로 알아듣습니다. 이 공동소유, 가족애보다 더 끈끈한 형제적 사랑, 하나됨의 체험은 종교심 강한 유대인조차 고개를 갸웃할 수밖에 없게 했습니다. 그리고 이 표징은 순교라는 위험에도 불구하고 수많은 사람들을 끌어당겼습니다.

성령의 불혀를 받은 이들은 한자리에 모여 있지만, 또한 각자의 고유한 모습을 잃지 않습니다. 그림에서 보듯 옷차림, 머리 모양 등 모든 것이 제각각 다릅니다. 이들을 한자리에 모은 것은 인간적 이상이나 서로 성격이 맞다거나 하는 것이 결코 아닙니다. 영의 일치요, 사랑의 하나됨이며, 정신과 마음이 예수 그리스도의 삶과 죽음과 부활 안에 뿌리를 내린 결과입니다.

　이렇게 서로 다른 이들이 모두 자신을 잊고 성령에 취해 있습니다. 그림은 이것을 아주 잘 설명해주고 있습니다. 성령은 우리가 우리 자신을 잊을 수 있게 해줍니다. 역설적으로 인간은 자신을 잊을 수 있을 때 가장 자기다워집니다. 왜냐하면 자신을 잊고 타자에게로 향해 갈 수 있기 때문입니다. 그래서 성령은 일치의 영인 것입니다. 한자리에 있는 모든 이를 사로잡는 제2의 성령강림이 어느 시대든 일어나지 않은 적이 없습니다. 이것이 우리 각자와 가정, 교회, 세상의 참희망이요 참된 일치입니다.

엘 그레코(El Greco), 〈성전의 정화(The Purification of the Temple)〉(1660년경), 캔버스에 유채, 뉴욕 프릭
컬렉션

뒤집어 놓는 열정

이 열정적이고 격렬한 느낌을 주는 그림에서 제일 먼저 눈에 들어오는 것은 예수님의 단호하고 확신에 찬 열정적인 눈빛입니다. 그러나 그 눈빛은 누군가를 향해 있지 않습니다. 오히려 자기 내면의 열정으로 타오르는 것 같습니다. 이 그림은 예수님의 성전 정화를 묘사합니다. 갈릴래아 출신으로 한낱 목수의 아들에 지나지 않는 사람이 이스라엘 전체, 아니 이스라엘 역사조차 넘어서는 권위를 대변하는 성전에서 채찍을 휘두릅니다.

성전이란 어떤 곳입니까? 하느님이 자신을 드러내시고 현존하시며, 인간은 하느님께 자신을 온전히 바치는 곳입니다. 하느님의 지극한 사랑에 인간은 자기 자신 외에 더 이상 합당한 봉헌물을 지니고 있지 않습니다만, 하나뿐인 자신을 바칠 수 없기에 짐승을 대신 봉헌물로 바치는 곳입니다. 또한 바쳐야 할 자기 자신이 죄투성이이므로 스스로 속죄하는 곳이기도 합니다. 옛날에는 그 봉헌물이 양이나 소, 비둘기, 곡식과 술이었지만 현대에는 그것이 돈으로 바뀌었습니다.

그곳은 이 지상에서 가장 신성하고 하느님이 계실 만한 곳이어야 마땅하지만, 인간은 이러한 성전에서조차 거래를 합니다. 성전은 자신을 온전히 바치는 곳이 아니라, 준 만큼 받고 받은 만큼 주는 거래장소로 변질되었습니다. 거래도 정당한 거래가 아니라, 특수 소수층을 위한 부정이 세상 어느 곳보다 은밀하게 이루어지는 어둠의 장소이기도 합니다. 예수님의 시선은 장사하는 사람들을 향해 있지 않습니다. 장사하는 사람들을 향한 채찍질은 더 근본적인 것을 향한 상징적 행위에 지나지 않습니다. 더 근본적인 것, 아니 가장 근본적인 것은 "오직 유일하게 사랑받으셔야 마땅한 하느님"입니다.

이 채찍은 오늘날 우리에게도 향하고 있지 않을까요? 성전뿐만 아니라 우리 각자의 내면에도 예수님의 채찍으로 뒤집어져야 할 부분이 있는 것은 아닐까요? 그러나 두려워할 필요는 없습니다. 예수님의 눈은 분노로 이글거리지 않으며 열정으로 타오릅니다. 굽은 듯 꼿꼿한 예수님의 몸자세는 결코 누군가 혹은 성전 자체를 멸망시키려는 자세가 아닙니다. 채찍 정도로 세상을 멸망시킬 수야 없지 않겠습니까? 예수님은 무엇인가를 뒤집어놓고자 하십니다. 우리를 꽉 채운 하느님 아닌 그 무엇을 뒤집어놓고자 하십니다.

이 열정은 생의 마지막 순간에도 꺼지지 않고 고요히 타올랐습니다. 이 열정은 십자가 죽음까지 이르게 하는 치명적인 것이었습니다. 그래도 버릴 수 없고 버려서는 안 되는 열정인 것입니다. 하느님 사랑, 그것은 온 생을 바쳐 응답해야 마땅하다는 사실이 성전을 정화하는 열정을 통해 흘러나오고 있습니다.

채찍질에 당황하고 엉망진창으로 널브러진 이들, "도대체 이자가 무슨 권한으로 이런 일을 하는 것인가"라고 수군거리는 이들 가운데서 오른쪽 제일 앞에 있는 이는 턱을 괴고 생각에 잠겨 있습니다. 그리고 그의 한쪽 무릎을 경배라도 하려는 듯 이미 땅에 대고 있습니다. 이 순수한 열정 속 하느님 사랑의 뜨거움을 이미 감지한 이들이 우리 주변에도 있습니다.

우리들의 헛된 열정도 가끔은 예수님의 채찍으로 뒤집어질 필요가 있지 않겠는지요? 그 채찍질 앞에 하느님의 열정을 감지하는 이는 복됩니다.

장 프랑수아 밀레(Jean François Millet), 〈만종(The Angelus)〉(1857~1859), 캔버스에 유채, 파리 오르세 미술관

삶이 잔인할지라도

밀레의 만종! 시골의 목가적 풍경의 대명사라 해도 이의를 달 사람은 많지 않을 듯합니다. 보기만 해도 마음이 가라앉고 저 그림 속에 들어가고 마음이 절로 들곤 했습니다. 저 멀리서 성당의 종소리가 우리 귀에까지 들리는 것 같지요. 가을걷이가 끝난 황량한 들판, 노을 지는 저녁, 하루의 힘겨운 노동 후 겸허히 하루를 바치며 기도하는 부부, 삶의 장엄함을 느끼지 않을 수 없게 하는 그림이었지요. 저 부부의 기도 자세는 장엄하다 못해 슬픔마저 느끼게 하는데, 어린 살바도르 달리는 슬픔을 넘어 공포감을 느꼈다고 합니다. 그리고 이 그림은 자외선 투사작업을 통해 바구니 아래 작은 관이 먼저 그려졌음이 밝혀졌습니다.

부부 앞에, 더 정확히 표현하자면 사실 그림을 처음 그렸을 때는 아내 앞에 놓인 바구니에 담긴 것이 감자나 어떤 농작물이 아니었다고 합니다. 그것은 다름 아닌 이 부부의 사랑하는 아기, 죽은 아기였습니다. 밀레의 친구가 죽은 아기의 그림을 그대로 두면 사람들이 혐오감을 느낄 테니 농작물로 바꾸라고 강하게 이야기했고, 밀레는 그 친구의 말을 받아들여 죽은 아기 대신에 감자를 그려 넣었다고 합니다.

전혀 다른 이 두 장면, 얼핏 함께할 수 없을 것 같은 이 두 장면은 그 저 그림 속 진실을 몰랐던 무지의 결과일까요? 달리가 느꼈던 공포심이 유일한 진실일까요? 몰랐던 진실을 알고 이 그림을 다시 대했을 때, 공포보다는 앞의 전원 풍경으로만 보았을 때는 느낄 수 없었던 장엄함과 고요가 느껴졌습니다. 그다지 나이 든 부부가 아닌 것으로 보아 첫아기 일지는 모르는, 그 아기를 땅에 묻기 직전의 부부! 가난과 힘겨운 노동 속에서도 그들에게 환한 희망을 던져주었을 그 아기의 싸늘한 시신 앞에 선 그들의 자세에는 한없는 고요함이 깃들어 있습니다. 여기에서 밀레의 시선에 놀라움이 있습니다. 아무나 포착할 수 없는 깊고 깊은 시선입니다.

고통의 울부짖음으로 무너지고 일그러진 모습은 보이지 않습니다. 다만 아내의 힘주어 모아 기도하는 손과 깊이 숙여진 머리에서 그 고통의 깊이가 느껴질 뿐입니다. 깊은 고통 속에서 기도하는 이 부부 뒤로 해는 이미 넘어가고 붉게 물든 노을로 삶의 잔인함과 처연함이 더 짙게 배어 나옵니다.

그러나 이 모든 풍경 위에 우뚝 선 두 사람의 곧은 자세는 어떤 고통도 짓누르지 못할 더 고귀한 무엇을 감지하게 해줍니다. 우뚝 서 있음에도 풍경을 제압하지 않습니다. 황량한 들과 우뚝 서 있으나 기도로 꼭 잡은 손, 저 멀리 작게 그려진 종탑은 어울리지 않는 듯 어울리며 삶의 잔인함 속에서도 무너지지 않는 그 무엇을 말해줍니다. 고통 속에서의 평화! 이 고요함 속에 불보다 더 뜨거운 열정이 피부로 전해져 옵니다.

그 큰 고통마저 녹이는 불, 깊어가는 저녁, 깊어가는 겨울에도 꺼지지 않는 내면의 불을 지닌 이들이 있습니다. 고통은 이들에게 이 불을 끄는 찬물이 아니라 불을 더 타오르게 하는 기름이 됩니다.

라파엘로 산치오(Raffaello Sanzio), 〈감옥에서 구출되는 성 베드로(The Liberation of St. Peter from Prison)〉(1514), 바티칸 엘레오도로의 방

빛 속을 걷는 이들

희한한 빛이 있습니다. 죄수에게는 보이고 죄수를 지키는 간수에게는 보이지 않는 빛이 있습니다.

이 그림은 헤로데가 야고보 사도를 잡아 죽인 후, 유대인이 좋아하는 것을 보고 베드로를 잡아 옥에 가두어, 내일이면 사형당할 처지의 베드로를 그린 그림입니다. 사도행전의 묘사에 따르면 다음 날 사형에 처해질 베드로가 태연하게 잠들었다고 합니다. 정말 상식적이지 않지요. 다음 날 사형당할 사람이 쿨쿨 자는 일은 분명 예사롭지 않습니다. 여기에 주님의 천사가 나타나고 환한 빛이 감방을 비추었습니다. 간수들은 천사도 이 빛도 어떤 움직임도 느끼지 못합니다. 차원이 다른 곳에서 온 빛은 이 차원과는 아무 관계도 없는 이에게는 보이지 않는가 봅니다.

천사는 허리띠를 하고 신발을 신으라고 합니다. 그리고 겉옷도 걸치라고 합니다. 서두르지도 황급히 도망가지도 않습니다. 당연히 가야 할 길을 가야 하는 사람처럼 챙길 것 다 챙기고 죽음의 장소를 유유히 벗어납니다. 빛 속에서 걷는 사람들의 모습은 이와 같습니다. 곤경에 처해도 심지어 죽음이 임박해도 자야 할 순간에는 잘 수 있는 단순함, 빛이 아니고서는 설명할 수 없지요. 어둠의 행실로, 어둠에 물든 욕망으로 얽히고설킨 이들에게는 도저히 이해할 수 없는 모습입니다.

그리고 그 빛과 천사는 죄수였던 베드로를 자신의 동료들에게로 돌아가게 합니다. 빛이 이끄는 곳이 휘황찬란한 저 꼭대기인 줄 착각하는 이들에게는 참 실망스러운 결론일 것입니다. 그래서 빛은 아무에게나 보이지 않습니다. 빛은 작습니다. 작은 이들에게만 보입니다.

우리의 내면에 도사린 폭력성

두 돌이 지나지 않은 아기가 있는 부부를 만난 적이 있습니다. 아기는 무척 귀여웠고 누가 봐도 얼굴에 티 없는 행복이 묻어나고 있었습니다. 그런데 이 아기가 무엇이 마음에 안 들었는지 찡찡거리며 트집을 잡기 시작했고, 엄마가 땀을 흘릴 정도로 어르고 달래도 소용이 없었습니다. 급기야는 엄마의 손가락까지 물어버리고 맙니다. 이 부부는 서로 무척 사랑했고, 가정에 큰 문제가 있는 것도 아니었으니, 이 아기가 심리적으로 심각한 압박을 받거나 무시 속에 팽개쳐져 있을 리 없습니다.

그 순간 '인간의 폭력성'에 대해 생각해보지 않을 수 없었습니다. 싫건 좋건 인간의 내면에는 누구나 스스로의 힘으로는 다스릴 수 없는 폭력성이 있는 것 같습니다. 윤리 도덕적 가르침을 잘 받은 사람은 이 폭력성을 컨트롤할 수 있는 힘이 좀 더 잘 길러졌겠지만, 이 폭력성이 근본적으로 없어지지는 않을 것입니다. 그리고 이 폭력성은 반드시 주먹을 휘둘러야만 드러나는 것은 아니며, 때론 짧은 말 한마디가 주먹질보다 더 큰 폭력이 될 수도 있습니다.

예를 들면 열등의식으로 꽉 차 있는 사람에게 "네가 하는 일이 다 그

프란시스코 고야(Francisco José de Goya y Lucientes), 〈곤봉을 들고 싸우는 남자들(Fight with Cudgels)〉
(1820~1823), 캔버스에 유채, 마드리드 프라도 미술관

렇지 뭐"라며 말한다면 그 사람을 반쯤 죽여놓을 수도 있습니다. 그런데 그 말을 한 당사자는 정작 그 말이 얼마나 폭력적인지 눈치채지 못할 때가 많습니다. 그 때문에 "지나가던 행인이 무심코 던진 돌에 개구리가 맞아 죽는다" 같은 속담이 생겨났겠지요. 그리고 얼마나 많은 아내가 남편의 폭력성에 희생되는지는 아마 하느님만이 아실 것입니다. 또한 자녀들을 사랑한다는 부모조차 때로는 과도한 호통과 분노, 체벌과 매질로 자녀들을 자신들의 폭력성을 내뿜는 대상으로 삼고 있지요. 일상생활 안에서도 가장 선량한 사람조차 때로 누군가를 자기 폭력성의 희생물로 삼게 됩니다. 말하자면 누구도 이 폭력성에서 벗어나기 어렵다는 뜻입니다.

19세기 독일 해부학자인 에른스트 헤켈의 '발생반복설'에서 저는 이 폭력성을 이해할 수 있는 내용을 발견했습니다. 이 이론은 의학계에서 수용과 거부를 반복한다는데, 저에게는 충분히 받아들일 만했습니다. 내용인즉슨 인간이 진화해온 모든 과정 즉 물고기 파충류, 포유류, 영장류의 수억만 년 과정을 엄마 배 속에서 전부 거친 다음에 인간으로 태어난다는 것입니다. 실제로 배 속 태아는 이런 모습으로 자라며, 물고기 시기에는 아가미 같은 것도 생긴다고 합니다. 우리 안에는 파충류인 공룡의 흔적도 있을 터이니, 파충류 같은 모습이 훅 드러나는 것도 이상한 일은 아닐 테지요. 참 신비스럽죠! 그리고 인간의 뇌는 세 겹으로 이루어져 이 시기의 뇌들을 전부 지니고 있다 합니다. 그러니 인간은 동물로서의 뇌도 있고, 그들의 공격성과 자기보호 본능도 태생적으로 품었다고 보는 것이 맞겠지요.

두려움, 채워지지 않는 욕구의 분출, 분노 등 이 폭력성의 바닥에는 인간성의 가장 근본적인 부분(동물성까지 포함해)이 얽혀 있을 수밖에 없다는 것은 어쩌면 당연한 일입니다. 그리고 이 폭력성이 집단으로 응집되어 나타날 때는 아주 무서운 일이 벌어집니다. 군국주의, 독재 치하의 나라에서 이러한 현상은 쉽게 군중심리를 만들어내고 유대인이나 특정한 민족을 집단학살하는 일까지 벌어지게 합니다.

이러한 집단 폭력성의 흔한 예가 왕따입니다. 사람들은 누군가에게 폭력을 휘두를 때 죄의식을 느끼지만, 집단을 이루어 함께 폭력에 가담하면 이 죄의식에서 벗어나고 오히려 정당한 일을 하는 듯한 착각마저 느끼게 됩니다. 그래서 사람들은 집단 속에 숨어 자신의 폭력을 정당화하며 휘두릅니다. 폭력은 다시 폭력을 부르고 이런 악순환에서 살아남지 못하는 힘없고 약한 사람은 절망, 좌절 심지어는 자살까지 하는 모습을 우리는 많이 보고 있습니다. 폭력은 또한 지배욕과도 깊은 관계가 있어 지배하려는 욕구가 좌절될 때, 인간의 그 좌절감은 적극적 폭력이나 수동적 공격성을 띱니다.

누가 과연 이 폭력성에서 자유로울 수 있겠습니까? 공동생활을 해본 사람이라면 자신의 내면에 도사린 폭력성을 보게 됩니다. 자기 내면의 폭력성을 보지 못할 때 타인을 공격하고 공격할 이유를 함께 공유할 수 있는 집단을 이루고자 하는 것입니다.

예수님은 인간 밑바닥에 있는 이 폭력성에 온전히 자신을 내맡기고 십자가의 죽음을 받아들이셨습니다. 오죽하면 로마의 백부장은 예수의 폭력에 대한 이 온전한 내맡김에서 그분이 하느님이심을 알아봅니다.

대사제, 바리사이, 사두가이들의 폭력과 위선을 날카롭게 지적하시고, 이 폭력과는 정반대인 하느님 사랑의 나라를 선포하심에 자신의 온 생을 걸었지만, 마지막에는 이 하느님나라조차 아버지의 손에 맡기십니다. 함께 폭력을 휘두르기보다 가장 고귀한 사명조차 포기하는 길을 선택하신 것입니다. 목숨이 끝나는 날까지 자신의 모든 것을 바쳐 하느님나라 선포의 사명을 다하시지만, 폭력의 마지막 순간에는 아버지의 손 그리고 동시에 폭력에 자신을 맡기셨습니다.

그리고 중요한 것은 폭력성을 부정적인 것으로만 바라볼 때 진짜 폭력으로 변하지만, 이는 다른 차원에서는 에너지라는 사실을 간과해서는 안 됩니다. 폭력성을 완전히 죽일 수도 없지만 죽이려 들 때, 그 사람다움을 빼앗고 창조적 에너지를 시들게 합니다. 폭력은 방향이 전환되어야 할 우리의 힘입니다.

히에로니무스 보스(Hieronymus Bosch),
〈성 안토니오의 유혹(Temptations of St.
Anthony)〉 부분(1505~1506), 목판에
유채, 리스본 국립고대미술박물관

정직한 절망

기원후 4세기경 그리스도교 역사상 첫 수도자이며, '수도자들의 아버지'라 불리는 안토니오 성인이 있습니다. 그는 젊어서 부모를 잃고 막대한 유산을 물려받았으나, 모두 가난한 사람에게 나누어 주고 수도생활을 시작합니다. 아무나 흉내낼 수 없는 이런 자선행위, 엄격한 훈련과 기도생활, 그는 모범적이라는 말로도 부족한 영웅적인 삶을 살아갔습니다. 그럼에도 계속해서 밀려드는 유혹을 완전히 이겨내지 못했기에, 그는 15년의 수도생활 후 그의 마음을 불태우고 열정이 촉구하는 대로 더 깊은 사막 안으로 들어가 빈 무덤을 거처로 삼습니다. 그는 대체 자신 안에서 무엇을 보았기에 무덤을 거처로 삼았을까요? 이 물음에 대한 답은 바로 그 이후 그가 살았던 이집트 사막을 수도자들로 넘쳐나게 했던 바로 그것이었을 것입니다.

초기 수도자들은 어느 시대나 마찬가지로 누구보다 열정적으로 그리스도를 따르고자 하는 열망을 품었으나, 다른 한편으로는 분열되고 갈라져 처참한 인간의 마음을 지녔고 누구보다 이 사실을 잘 아는 사람들이기도 했습니다. 예수와 그분의 가치를 살아가는 것을 가로막는 온갖 요소가 들끓는 '마음'이라는 장소로 그들은 들어갔습니다. 무덤으로 들어간 안토니오는 오히려 더 험한 꼴을 당합니다. 무덤 안은 "사자, 곰, 표범, 뱀, 살모사, 전갈, 이리떼, 유령으로 가득 찼다"라고 이분의 전기 작가요 유명한 성인인 아타나시오는 말합니다. 이것들은 금방이라도 잡아먹을 듯이 달려들며 울부짖었고 물고 뜯고 덤벼듭니다.

엄청난 유혹, 엄청난 전쟁, 이 뒤에는 절망이 보입니다. 자신의 힘에 대한 절망! 끝없는 싸움에 대한 절망! 저는 이것을 '정직한 절망'이라고 부르고 싶습니다. 자신의 나약함을 마주한 인간의 실존적 모습입니다. 상처 입고 쓰러진 안토니오처럼 우리 역시 자신의 힘의 바닥에서 나뒹굴 수밖에 없는 순간과 체험을 겪은 사람들입니다. 상처 입고 쓰러져 자신에게 절망하지 않는 한 하느님의 힘에 희망을 걸 수 없습니다. 이런 마지막 순간에도 우리는 스스로 해보고자 하는 방어체제를 얼마든지 가지고 있습니다. 그래서 '정직한 절망'이라 부르고 싶은 것입니다. 이 마지막 순간, 안토니오 성인은 자신이 아니라 "주님만이 우리의 바위 성벽이다"라고 고백합니다. 이런 위기의 순간 자신의 힘을 믿지 않는 대담함은 사실 쉽지 않습니다. 무엇이든 하지 않으면 죽을 것 같은데 가만히 있을 수 있는 내공을 쌓는다는 것은 어려운 일입니다.

그리고 바로 그 순간 지붕 사이로 한 줄기 빛이 안토니오에게 비칩니다. 이 빛이 들어오는 순간, 안토니오는 어떤 노력도 하지 않았음에도 방안은 고요함으로 가득 차게 됩니다. 성인은 무덤에 비유될 수 있는 허무-죽음을 회피하는 것이 아니라, 아예 무덤을 거처로 삼음으로써 거기서부터 오는 두려움과 대면하고 그것이 만들어내는 절망의 늪에 빠져 버립니다. 이 늪에서 스스로 헤어나고자 하지는 않았지만, 갑자기 희망의 빛줄기가 비침으로써 모든 것이 한순간 이루어짐을 체험합니다.

중세 때의 화가 히에로니무스 보스는 이 그림을 통해 안토니오 성인을 묘사하는데, 현대의 초현실주의 화가의 작품 같은 느낌을 풍깁니다. 내면의 싸움, 그 짐승스러운 우리의 초현실적 모습이 저보다 낫지는 않을 것 같지요. 화가 역시 그런 체험의 소유자인가 봅니다. 인간의 체험은 4세기나 중세나 현대나 공통의 것이니까요.

렘브란트 반 레인(Rembrandt Harmenszoon van Rijn),
〈이사악의 희생〉(1635), 캔버스에 유채, 러시아 피터스버그 에레미타쥬 미술관

죽음 앞에 서면

성경을 모르는 이라도 이 그림 속 상황 자체만으로 심장이 저려올 것입니다. 구약성경 속 아브라함이 이사악을 바치는 장면으로, 수많은 화가가 이 장면을 묘사했고 그중 렘브란트의 이 작품이 가장 뛰어나다는 평을 받습니다. 많은 작가들이 이 작품에 대한 평을 쓰기도 했습니다. 논란이 생길 만도 하지요.

먼저 알아두어야 할 것은 수천 년 전에는 팔레스타인뿐 아니라 아시아에서도 신에게 사람을 제물로 바치기도 했다는 사실입니다. 우리나라의 그 유명한 성덕사 신종 에밀레종만 하더라도 어린아이를 쇳물 속에 던져 비로소 그 유명한 종소리가 울렸다고 합니다. 이런 전설을 통해 우리나라 역시 이러한 문화가 있었다는 사실을 짐작해볼 수 있습니다. 이런 부분을 이해하려면 당시 문화를 공부하는 노력과 그것을 이해하려는 열린 마음이 필요합니다. 그저 자신의 식견이나 취향에 의지해보는 데만 그친다면, 미술에서 많은 것을 놓치게 될 테니까요.

어떤 문화적 배경을 지녔든, 어떤 시대에 살든 아비가 자식을 제물로 바치는데, 자신의 손으로 목숨을 거두어야 하는 상황은 말이라는 수

단이 무색해질 수밖에 없게 합니다. 그것도 유일한 외동아들로 우여곡절 끝에 하느님께서 직접 약속하시며 태어나게 한 그 특별한 아들을 제물로 바치라는 하느님의 명령은 인간의 존재 자체가 하느님 앞에 의문을 품게 하는 절박함으로 다가옵니다.

도대체 하느님은 네로보다 더한 폭군인가요? 왜 이리 멋대로인가요? 줬다 빼앗았다, 약속도 마음대로 하고 파기도 마음대로 하고, 인간이란 하느님 앞에 이런 존재란 말인가요?

누가 과연 이런 질문에 속 시원하게 답할 수 있겠습니까? 이 답이 없는 질문 앞에 망연자실 서 있는 이 땅 위 수많은 사람이 있습니다. 자식 잃은 남미의 어머니들, 양식 끊어진 아프리카의 수많은 이들, 세계 곳곳에서 고통받는 많은 이들, 그들은 이 고통의 이유를 알 길이 없습니다. 그리되지 않아도 될 일이 그들에게 일어났을 뿐입니다.

이 같은 시련 앞에 아브라함은 고함도 애걸도 변명도 욕설도 비난도 없이 그저 묵묵히 그 사실을 받아들이고 걸어갔다고 합니다. 많은 부모는 자식을 잃을 때, 그것도 무자비한 폭력의 희생물로 잃을 때 삶의 희망도 같이 잃습니다. 아브라함은 하느님의 명령대로 고향을 떠나 수많은 민족의 조상이 되리라 했으나 늘그막에도 자식이 없었습니다. 그러다 온갖 우여곡절 끝에 이 희망의 자식, 이사악을 얻었습니다. 그가 이사악을 죽이려 했을 때 그는 이 모든 하느님의 약속, 수많은 민족의 조상이라는 희망도 함께 죽일 수밖에 없었습니다.

죽음 앞에 설 때 그 죽음을 온전히 받아들이면, 그때까지 보이지 않던 것이 보이게 됩니다. 죽음은 결코 그것으로 끝이 아니기 때문입니다. 문제는 죽음을 넘어서지 못하고 발버둥칠 때 인간은 죽음밖에 보지 못한다는 사실입니다. 죽음은 죽음으로써만 그 너머를 볼 수 있습니다. 아브라함의 이해할 수 없는 수용의 태도는 이 죽음을 받아들인 인간의 태도로밖에는 볼 수 없겠습니다.

하느님의 명령이 지고하기에 자식의 목숨마저 바친 용감한 신앙인, 이것은 오히려 소름 끼치는 해석입니다. 하느님은 생명의 하느님이지 죽음의 하느님이 아니기 때문입니다. 죽음을 자초하는 것은 인간 자신일 뿐입니다. 현대적 해석으로 이 장면을 보자면 이사악의 목숨마저 잃을 수 있는 절체절명의 순간, 아브라함의 마음을 구약의 유대인들이 읽은 것 아닐까요? 사실 이 이야기가 실린 창세기는 성경 중 늦게 쓰인 것 중 하나입니다. 유별나게 고난 많은 역사 속에서 유대인은 이 같은 처참한 상황에 자주 처했을 것이기에, 자신들의 처지와 아브라함의 체험을 동일시하며 승화하지 않았을까 짐작해봅니다.

렘브란트 반 레인(Rembrandt Harmenszoon van Rijn), 〈갈릴리 호수의 폭풍(The Storm on the Sea of Galilee)〉(1663), 캔버스에 유채, 보스톤 이사벨라 스튜어트 가드너 박물관

구해주십시오

거친 파도가 금방이라도 배를 덮칠 듯한 풍랑 속에서 자고 있는 한 사람.

파도에 뒤덮여 곧 죽게 될 것 같은 상황 속에서

휘몰아치는 풍랑에 나뭇잎 한 잎 같은 배 위에서 사람들은 죽음을 감지합
니다.

두려움과 공포가 파도보다 더 크게 그들을 덮쳐

존재의 바닥부터 사시나무 떨 듯합니다.

죽음과 삶은 그들의 손에 달려 있지 않습니다.

도움이 되어줄 큰 배도 보이지 않고, 항구는 아직 멀기만 합니다.

코로나바이러스로 엉망이 된 지구촌이 자연스럽게 떠오릅니다.

그 작은 바이러스가 인류 전체에

우리는 운명공동체임을 가르쳐주는 예언자입니다.

배가 침몰 직전임을 알려주고 있습니다.

배속의 사람만 무사하면 되는 줄 알고 살아온

과학문명 발전의 정점을 치고 있는 이 무지의 시대

이들의 운명은 어디에 달렸습니까?

이 배가 깨지면 이들은 죽을 수밖에 없을까요?

오직 이 배가 유일한 구원일까요?

그런데 그 배에서 자고 있는 유일한 한 사람

혹시 이 사람이 우리를 구해줄 사람일까요.

이들의 극한 상황을 아는지 모르는지 한 사람은 깰 생각이 없어 보입니다.

두려움과 불안의 끝자락에서야

믿음 반 의심 반으로 이 사람을 깨웁니다.

혹시 당신이 우리를 구해줄 수 있나요?

곧 덮칠 듯한 파도, 두려움의 그림자 앞에서도

생명을 감지하는 이들이 있습니다.

곧 부서질 듯한 배, 죽음의 그림자 앞에서도

생명의 향기를 뿜는 이들이 있습니다.

어떤 과학자가 다음과 같은 내용의 글을 썼습니다. "지구는 그 자체로 하나의 생명체. 그 자체의 생명력과 움직임과 나아가는 방향이 있다. 그래서 비도 오고 지진, 쓰나미도 생겨난다. 인간은 모든 것을 인간만을 중심으로 생각하는 경향이 있다. 인간에게 피해가 오면 모든 것이 하느님의 잘못인 양 원망한다. 하느님을 원망할 것이 아니라 내가 그들을 어떻게 도울 수 있는지 생각해야 하지 않을까?"

우리는 지금 이 정도를 넘어 지구라는 생명체 그 자체를 염려해야 하는 지경에 이르렀습니다. 누구도 대답을 줄 수 없는 그런 상황에서 절망보다 더 큰 희망을 건져내는 이들도 있습니다. 그들은 "왜?"라고 물으며 원망하기보다 그 큰 절망도 무너트릴 수 없는 더 큰 희망, 아니 희망 자체이신 분을 발견함으로써 자신의 희망으로 삼습니다. 그레타 툰베리라는 작은 소녀 그 아이가 떠오릅니다. 미국의 대통령은 자기 나이의 몇 분의 일도 되지 않는 소녀의 예언적 목소리에 모욕적 언사를 끼얹었었습니다. 바로 우리들의 모습이기도 합니다.

우리의 삶과 인생의 진정한 주인은 내가 아닙니다. 지구는 우리만의 것이 아닙니다. 우리는 지구에 빚을 지고, 지구로부터 생명을 빌리고 있습니다. 그 지구도 여느 별처럼 사라질 수 있는 창조물이며, 우주의 순환 원리의 한 부분이 아니라, 그곳을 빌려 쓰는 기생충이 되어버린 인간으로 인해 파멸할 수도 있지요.

우리의 힘을 넘어선 이 상황 앞에 희망을 잃지 않는 "구해주십시오" 이 한마디 외침이 필요합니다. 신자든 아니든 그것도 중요하지 않습니다. 우리의 절박함과 두려움을 넘어선 희망이 절실하게 필요합니다. 두려움은 포기하게 합니다. 어차피 개인의 힘으로는 할 수 없으니 갈 데까지 가보는 심정이 되든지, 아니면 과학이 이 난국마저 타개할 방법을 찾으리라는 과학에 대한 맹신으로 버티든지 어느 쪽이든 절망하고 있다는 사실에는 변함이 없습니다. 희망을 잃지 않는 절박함만이 지구 차원의 회심과 지구를 살리기 위한 행동개시를 가능하게 하며, 지구 차원의 행동개시만이 지구를 구할 수 있습니다. 코로나로 지구 전체가 잠시 멈춘 뒤 자연의 변화를 보면서, 희망의 빛과 가슴 서늘해지는 인간의 괴력을 함께 절감합니다.

녹색 십자가

녹색의 예수님과 녹색의 세 여인, 그리고 녹색 십자가! 참 인상적인 그림입니다.

죽음과는 어울리지 않는 생명의 상징인 녹색! 세 여인은 십자가 위에 돌아가신 예수님을 내려 팔에 안고 있습니다. 예수님과 같은 푸른 녹색으로 물든 그들은 표정도 예수님과 비슷합니다.

생명이 빠져나간 죽은 자의 모습, 여인들은 아직 살아 있음에도 이미 죽음을 맛보고 있습니다. 이미 죽음의 세계로 넘어가버렸음에도 세 여인의 예수님께 대한 사랑은 그분과의 관계의 끈을 놓지 못하게 합니다. 그뿐만 아니라 죽음 안에서 더욱 깊이 일치되어 예수님과 함께 십자가에 못 박히고 죽었습니다.

예수님의 삶과 가르침에 깊이 끌리고, 하느님나라 선포에서 그분의 희망을 함께 지녔던 세 여인, 누구보다 깊이 어쩌면 열두 사도보다 더 깊이 예수님의 인간을 향한 불타는 사랑을 느꼈을 이들, 그 오랜 고난의 역사 안에서 끈질기게 기다려온 분임을 알아본 이들, 또한 자신들의 가장 깊고 큰 갈망이 이분 안에서만 채워짐을 깨달은 이들! 이들에게 예

폴 고갱(Paul Gauguin), 〈녹색 그리스도(Green Christ)〉(1889), 캔버스에 유채, 벨기에 브뤼셀 왕립미술관

수님의 존재는 어쩌면 자신의 생명보다 더 귀했는지도 모르겠습니다. 그런 분을 십자가의 죽음이라는 잔혹한 방식으로 잃고 말았습니다.

이렇게 예수님의 죽음에 깊이 일치한 이들은 먼저 그분의 삶과 희망에 일치했던 것입니다. 죽음도 결코 넘볼 수 없는 생명의 주인이신 분, 그분의 죽음에는 이미 푸른 생명의 빛이 서리기 시작했습니다. 그리고 그 푸른색은 죽음으로 자신과 일치한 이들을 또한 물들여갔습니다.

이들 앞에 있는 다른 한 여인, 일상의 삶에 여념이 없는 듯한 모습입니다. 그 뒤로 자기만큼이나 큰 생계의 도구를 짊어지고 가는 이, 길을 걷는 한 여인, 언덕 위에서 한가로이 풀을 뜯는 소와 양의 무리. 푸른 십자가 우뚝 서 있어도 세상은 자신의 논리대로 굴러갑니다. 아니 반대로 말해야 할 것 같습니다.

세상이 자신의 논리대로 굴러가는 듯이 보여도 푸른 생명의 녹색 십자가는 지금도 세상 한복판에 우뚝 서 있습니다.

단단한

아주 단단한 기쁨이 있습니다.

기쁜 일이 지나면 금방 사라지는

퍼석한 기쁨과는 아주 다릅니다.

신나는 일로 애드벌룬처럼 둥둥 떠오르는

그런 가벼운 기쁨과도 다른

참 단단한 기쁨이 있습니다.

단단한 기쁨은

온갖 것 뚫고, 지나와

우뚝 선 순결함의 열매입니다.

금방 날아가버릴 것 같은

찰나의 기쁨과는 달리,

기쁘지 않은 모든 것을

밀쳐내는 우연한 기쁨과는 달리,

이 기쁨에는 삶의 고뇌를 담을

그늘이 있습니다.

나무 그늘처럼

나그네 피곤한 걸음 쉬게 하는

넉넉한 그늘을 지닌 기쁨

그 단단함이여, 순결함이여!

상처 입은 치유자, 상처 입은 불구자

사람이 사람을 참 잔인하게 대한다는 느낌을 받아보신 적이 있습니까? 혹시 그런 사람을 자세히 살펴본 적이 있습니까? 그들 중 상당수는 어려서 폭력을 경험한 이들이지만, 어려움을 겪지 않고 순탄하게 살아온 사람이 그렇다면 의아해할 수 있습니다. 그러나 현실에서 이러한 경우가 제법 많습니다. 고통을 겪어보지 않은 사람은 자신이 하는 말이나 행동이 상대에게 어떤 상처를 주는지 잘 알지 못할 때가 많습니다. 일견 부드러워 보이던 사람도 어느 순간 이해하기 어려울 정도의 날카로운 말로 상대에게 상처를 입힐 때가 있습니다. 고의가 아니기에 상대방은 항의하는 것조차 쉽지 않습니다. 이런 이들은 예의도 발라 아무리 억울해도 따지기가 쉽지 않습니다. 또한 고통을 그다지 당해보지 않아 상대의 고통 정도를 거의 느끼지 못하니 모진 말이나 모욕이 담긴 말을 쉽사리 내뱉습니다. 그러면서 자신에게 그런 일이 일어나는 것은 세상이 뒤집히기라도 한 듯 법석을 떱니다. 고통 따위는 자신에게 일어나서는 안 되는 일이라도 되는 듯 난리가 나지요. 고통에 대한 면역력이 없으니 상처받을 일이 생기면 감당할 수 없고, 감당되지 않는 상처는 그 사람을

조르주 루오(Georges Henri Rouault), 〈성안(聖顔)〉(1933), 캔버스에 유채, 파리 국립현대미술관

괴물로 만들 수밖에 없습니다.

그렇다고 고통을 많이 받은 사람들이 모두 사람의 아픔을 잘 이해하는 것도 아닙니다. 상처를 많이 받은 이들이 난폭하고 상황을 가리지 않고 공격적 태도를 취해 상대에게 상처를 주는 경우도 많습니다. 상처가 상처를 부른다는 말이 맞아들어가지요. 사람들이 나이 들어가면서 온유해지기는커녕 완고하고 더 폭력적으로 되거나 괴팍해지는 것도 이런 맥락에서 볼 수 있습니다. 알코올중독, 폭력을 휘두르는 부모 밑에서 자란 사람이 자신도 모르게 그런 부모의 성향과 유사한 배우자를 선택하는 것도 아이러니이지만 어쩌면 자연스러운 일이기도 합니다. 폭력은 대부분 더 큰 폭력을 불러온다는 것을 우리에게 각인시켜준 사건이 있습니다. 우리 뇌리에서 결코 잊지 않을 '막가파'라고 자칭했던 이들의 처연한 몸부림입니다. 사람들은 그들의 잔인함에 몸서리치면서도, 그들을 무작정 욕할 수 없는 모순을 동시에 느꼈을 것입니다.

이 두 가지의 경우 모두 상처가 사람을 불구자가 되게 한다고 볼 수 있습니다. 그런데 오히려 상처를 입었기에 자기뿐만 아니라 타인도 치유할 수 있는 상처 입은 치유자가 있습니다. 이 상처 입은 치유자라는 이름이 너무도 어울리는 루오의 그림이 있습니다. 머리에 가시관을 쓴 것이 분명한 예수님의 표정은 루오의 그림답지 않게 너무도 환합니다. 평화와 고요, 말할 수 없는 깊이가 느껴지는 것은 루오의 다른 그림과 통합니다만, 이 그림은 형언할 수 없는 환함이 있습니다. 저 깊은 속눈

썹을 들어 나를 바라보기만 해도, 아니 바라보지 않아도 이상하리만큼 제 내면을 꿰뚫는 따뜻한 시선이 느껴집니다.

진정으로 타인의 아픔을 이해하고 그 상처를 보듬어주는 사람이 되는 과정에서, 고통을 겪는 체험의 유무는 상당히 중요한 역할을 합니다. 헨리 나웬은 『상처 입은 치유자』라는 책에서 이것을 아주 잘 표현했습니다. 상처를 입고 고통 안에서 자기 존재의 밑바닥까지 내려가 본 사람은 타인의 약점이나 잘못을 함부로 비판하지 않습니다. 또 약점이 비롯되는 상처의 근본을 이해할 수 있기에, 그 약점 때문에 자신에게 피해가 오는 극단적인 경우에 처해도 분노로 갚지 않을 수 있습니다.

더 나아가 그가 예수님의 정신을 잘 아는 사람이라면, 상대방이 그 상처의 원인에서 해방될 수 있게 도와줄 수 있을 것입니다. 그리고 무엇보다 약하고 아픈 상태 그대로, 있는 그대로, 피해를 주는 그대로의 그 사람을 받아들일 수 있습니다. 이것이 무엇보다 가장 큰 도움이요, 그 사람을 치유하는 좋은 길입니다. 이러한 도움은 좋은 마음만으로는 절대 할 수 없으며, 자신 스스로 고통 안에서 인간성의 바닥을 본 사람만이 할 수 있습니다.

예수님은 진정 "상처 입은 치유자"이십니다. 고통을 아는 분이며, 우리의 마음 안에서 우리의 마음을 읽으실 수 있는 분이십니다. 그래서 이사야서 안의 수난받는 종의 모습 안에서 자신을 볼 수 있었으며, 십자가로 이어지는 자신의 앞날을 피땀을 흘리면서도 받아들이셨습니다. 상처 입은 사람은 많아도 상처 입은 불구자만 그득하고 상처 입은 치유자는 없는 오늘의 현실 안에 절실히 필요한 사람 "상처 입은 치유자." 인생을 걸고 한번 깊이 묵상해볼 가치가 있지 않겠는지요? 헨리 나웬과 루오 그들의 통찰이 새삼 깊이 느껴집니다.

상처 입은 치유자, 상처 입은 불구자 1

상처 입은 불구자
상처 입은 치유자

이 둘을 갈라놓는 것은
수치심
연민의 마음

상처 입은 치유자, 상처 입은 불구자 2

오직 한 분
오직 한 번
생명이 죽어
먹이가 됨으로

새로운 생명이 태어납니다.

상처 입은 치유자이며

상처 입은 불구자

먹이시네

살리시네.

절망 속의 희망

잘 알려진 이 그림은 화가 뭉크의 〈절규〉라는 그림입니다. 처음 이 그림을 보면 사람의 혼을 빼놓을 듯 강렬한 이미지가 당혹스럽기까지 합니다. 세상이 온통 뒤틀리고 흔들려 멀미가 날 것 같습니다. 속 내장이 다 뒤집힐 것 같습니다.

우선 그림을 하나하나 살펴보기로 하겠습니다.

그림의 대부분을 차지하는 붉음과 검붉음의 수렁 혹은 혼돈 같은 배경. 이 수렁은 대체 어디로 흐르는지 방향도 없습니다. 이쪽도 저쪽도 혹은 소용돌이도 아닙니다. 방향도 없이 이리저리 쏠리는 정체 모를 혼돈의 늪은, 그것에 빠지면 무엇이든 그대로 삼켜 형체도 없는 액체로 만들어버릴 듯합니다.

이 혼돈과는 달리 일직선으로 쭉 뻗은 다리. 그나마 서 있을 곳을 마련해주는 유일한 지지대 같습니다만, 그 끝이 대체 어디에 닿아 있는지, 끝이 있기나 한지 알 길이 없습니다. 그리고 그 수렁의 늪과 같은 검붉은 색은 이 다리 또한 안전하게 머물 곳이 아님을 여실히 느끼게 해줍니다.

에드바르트 뭉크(Edvard Munch), 〈절규(The Scream)〉(1893), 템페라화, 오슬로 뭉크미술관

물론 다리라는 것 자체가 통과해가는 곳일 뿐, 머물 곳은 아니지만요.

이 다리 위 저 뒤에서 정체 모를 두 사람이 따라오고 있습니다. 사람의 다리 부분이 희미해서 어찌 보면 유령이라도 따라오는 것 같고 거의 검은색에 가까운 이들의 옷은 저승사자를 연상케 합니다.

이 절망적인 상황에 선 한 인간! 어떤 도움도 빛도 없어, 아예 아무것도 듣고 싶지 않은 듯 양손으로 귀를 꼭 막고 있습니다. 동그랗게 뜬 눈에는 초점이 없고 크게 벌린 입에서는 외마디 외침조차 나오지 않는 듯합니다. 이 경직된 표정과는 달리 휘영청 휘어진 그의 몸은 금시라도 녹아내려버릴 것 같습니다.

아무런 희망도 없습니다. 희망의 어떤 표징도 보이지 않습니다.

그런데 이 절망을 뒤집어보면, 이렇듯 깊디깊은 절망은 희망을 아예 보지 못한 사람은 그려낼 수 없지 않을까요? 희망, 빛을 너무도 간절히 바라는 사람의 절망이 아닐까요? 희망이 없다면 절망이라는 단어가 있을 수 없고, 절망이 없다면 희망도 있을 수 없습니다.

희망과 절망, 삶과 죽음이 서로 원수인 듯 대립된 것으로 나타나는 우리의 마음속 풍경이 바로 이런 모습이 아닐까 생각해봅니다. 붉은 수렁 맨 윗부분에 언뜻언뜻 비치는 파란 빛은 이 끔찍스러운 상황 속에서도 결코 완전히 사라지지 않는 희망의 작은 조각이 아니겠는지요.

희망은 우리가 불행의 늪을 헤맨다고 해서 사라져버리지 않습니다. 단지 우리가 그 희망을 보지 못할 뿐입니다. 희망이 없는 것이 절망이 아니라, 희망을 발견하지 못하는 것이 절망입니다. 저 붉은빛, 휘청거리는 붉은 늪에 눈이 가려져 저 푸른빛을 잘 발견하지 못하듯이……

희망은 절망 속에, 절망은 희망 속에!

어둠

모든 것을 삼키고 형체 없이 만들어버리는 너
흰 놈, 검은 놈, 노란 것, 빨간 것 상관없이
몽땅 덮어버리는구나.

있음도 없음과 마찬가지요,
질서도 혼돈과 다름이 없으니
너를 두려워하지 않은 자 누가 있었더냐.

그대 어둠이여
내 안에 있는 너를 두고
이렇듯 아찔함은
드넓은 우주도
너를 담아내지 못하기 때문이로구나.

그대 어둠이여

이 아찔함으로

세상 끝이 아님을 아는

미약한 존재 있구나.

2

감돌아 머무는 향기

조르주 루오(Georges Henri Rouault), 〈그리스도의 얼굴〉(1933), 캔버스에 유채와 과슈, 파리 퐁피두센터

저 사람을 보라

저 눈! 풍덩 뛰어들고 싶다.

한없이 맑아 투명한 가을하늘을 보는가 싶었는데, 어느덧 모든 것 담아내고도 넘침이 없는 끝없는 바다 앞에 선 듯합니다. 슬픈 표정인가 느끼는 순간 깊은 미소가 감도는 표정으로 다가옵니다. 도대체 종잡을 수 없습니다. 그럼에도 혼란과 긴장을 느끼게 하는 것이 아니라, 깊은 고요 속으로 사람을 인도해줍니다.

저 눈은 무엇인가를 아니 누군가를 찾고 있습니다. 기다리고 있습니다. 자신의 눈을 발견하고 바라볼 그 누군가를 기다리고 있습니다. 과연 우리가 이 눈과 직면할 수 있는 것은 어떤 때일까요? 아마도 사랑겨운 믿음의 열렬한 어둠 속에서 예수님이 나 자신을 바라볼 그때일 것입니다. 더 정확히 표현하자면 예수님이 나를 바라보고 계시다는 사실을 발견하는 때일 것입니다. 바로 이때 그분이 나를 발견하셨듯이, 나도 그분을 발견할 수 있습니다.

"열렬한 어둠."

마치 거지라도 그려놓은 듯한 가난함이 이 그림 전면에 흐릅니다. 그래서 예수의 삶을 관통한 열렬한 어둠을 신학적 설명 없이도 한눈에 들어오게 합니다. 그분의 삶에 늘 따라다녔던 오해와 배신은 가장 아꼈던 제자들마저 예외가 아니었습니다. 그리고 예루살렘 입성 때 군중의 열렬한 환호 직후 체포, 매질, 조롱, 십자가형, 죽음의 삶은 처절하다는 말로도 표현될 수 없을 정도지요.

어떤 어둠과도 비견될 수 없는 이 어둠은 어둠으로 끝나지 않고 부활의 빛으로 터져 나옵니다. 그러면 어둠 끝, 빛의 시작일까요? 어둠은 여전히 어둠입니다. 빛이 너무 밝아 우리에게는 여전히 어둠입니다. 저 끝없는 연민과 용서, 무한한 자비, 끝까지 가는 사랑은 우리로서는 도저히 이해 못 할 차라리 어둠인 것이지요.

저 눈은 바로 이 어둠이자 빛인 현실로 우리를 당깁니다.

감돌아 머무는 향기

가슴을 파고드는 가시
향기를 빚는다.
아픔이 퍼져 손끝까지 서리는
그 시간들

영원으로 이어질 막막함

끝없는 바다

막막함

출렁이는 파도

가시는 여전히 가슴을 파고

감돌아 머무는 향기

눈물이 난다.

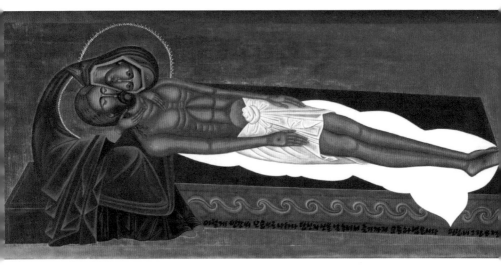

최마리아의 이콘 그림

그 역동성

이 그림을 처음 만났던 순간을 잊을 수 없습니다. 고요함이 다가와 숨이 멎을 듯한 충격에 한참을 가만히 서 있었습니다. 시간도 멈추어 그대로 그 순간이 영원할 것 같은 그런 고요함이었습니다. 예수님의 쭉 뻗은 몸은 참혹한 죽음에 대한 어떤 저항도 느낄 수 없고, 그런 예수님의 머리를 온몸으로 둥글게 감싸는 성모님은 억겁의 세월이 흘러도 미동도 않을 것 같습니다. 두 분은 온전히 일치해 아예 한 몸이 되어버려 도저히 두 분을 떼어놓을 수 없을 것 같은 느낌마저 듭니다. 그 고요함이 너무도 엄숙해 깊은 경외감에 함부로 만지지도 못했습니다.

그러나 시간이 흐르면서 이 이콘은 단순히 고요함만이 아니라는 것을 서서히 느끼게 되었습니다. 이 고요함은 이 세상 모든 것을 빨아들일 듯한 큰 수용성을 느끼게 해줍니다. 온전한 수용! 피앗! 당신의 뜻대로 이루어지소서!

고요함과 모든 것을 수용하는 큰 움직임은 서로 엇갈려 들며 이쪽과 저쪽을 구분할 수 없습니다. 참혹한 죽음과 내팽개쳐짐과 가장 사랑하는 이들로부터의 배신마저 온몸으로 수용하고 죽음을 맞은 예수님의 몸은 그 모든 것을 받아들여 그 누구도 그 무엇도 거부하지 않는 사랑의 몸이 되었습니다.

이 예수님의 몸은 이제라도 사뿐히 일어나 훨훨 가볍게 날아 내 옆에 다정히 내려앉을 것도 같습니다. 두 분의 사랑의 큰 포옹 속에 내가 포근히 감싸일 것도 같습니다.

고요함과 적극적 수용의 이 역동성은 십자가와 부활의 역동성입니다. 십자가 안에는 이미 부활이 깃들어 있고, 부활의 빛은 십자가 수난의 온전한 수용을 결코 잊지 않습니다. 우리의 삶은 이 역동성을 닮지 않는 한 고통의 굴레에서 벗어날 수 없으리는 생각으로 이 이콘을 보고 있노라면, 물감처럼 고요히 우리를 물들여갑니다.

사실 살펴보면 우리 삶 자체가 이 역동을 완성해주는 쌍으로 이루어져 있습니다. 평화와 혼돈, 첫째와 꼴찌, 빛과 어둠, 친밀함과 거리 유지, 사랑과 두려움, 기쁨과 슬픔, 역경과 순경, 순종과 자유, 침묵과 대화, 아무리 많은 것을 받은 사람일지라도 이 두 요소 중 한쪽만 지닌 사람은 존재하지 않습니다.

어린아이는 기쁠 때는 슬픔에 대해서는 생각조차 할 수 없어 들떠 괴성을 지르고 날뛰기도 합니다. 반대로 손에 있는 것을 뺏기기라도 하면 온 세상을 잃은 듯 울고불고 난리가 나서 마치 이 세상이 슬픔으로만 채워진 듯 난리를 칩니다. 그러나 성숙한 사람은 그렇지 않습니다.

자신의 삶을 짓밟는 역경 속에서도 웃음을 잃지 않을 수 있고, 기쁨 속에서도 그 기쁨이 영원하지 않으며, 슬퍼하는 다른 사람들이 있음을 기억할 수 있습니다.

이처럼 참된 성숙만이 운명의 장난에 자신의 삶을 내맡기지 않고 역경 속에서나 순경 속에서나 참된 자기 자신을 지킬 수 있는 해방의 삶을 살아가게 해줍니다. 그렇다면 문제는 어떻게 해야 이 참된 성숙을 얻을 수 있을지에 있습니다. 그리스도인에게 그 유일한 대답은 예수 그리스도 그분 자신, 그분의 십자가와 부활의 역동성에 있습니다.

이 이콘은 십자가와 부활의 역동성을 너무도 잘 설명합니다. 예수님의 얼굴에도, 성모님의 얼굴에도 이미 고통의 흔적이 없고 고요하기만 합니다. 그렇다고 무표정한 것도 아니며 침묵 한가운데 모든 것을 담아낼 듯 고요로 출렁입니다.

미켈란젤로 부오나로티(Michelangelo Buonarroti), 〈아담의 창조(The Creation of Adam)〉(1511~1512),
프레스코화, 바티칸 미술관

창조, 그 인간학

손가락 끝의 가는 떨림이 몸으로 전해지는 듯한 사실적인 그림입니다. 이 그림은 많은 분이 잘 아시시겠지만 미켈란젤로가 그린 천지창조의 부분입니다. 창조된 순간의 인간을 상상하는 미켈란젤로의 천재성이 다시 한번 놀랍게 드러나는 그림입니다. 호기심 가득 그의 눈길, 마음길을 따라가보기로 하겠습니다.

이제 막 창조된 인간은 일어서지 못하고 반쯤 누운 자세로 손을 쭉 뻗은 자세이며, 하느님으로 여겨지는 분은 서 있다기보다는 공중에 확고히 떠 있는 듯한 자세로 힘차게 인간을 향해 손을 뻗고 있습니다. 인간의 손은 살짝 아래로 쳐져 모든 것을 받아들이겠다는 듯 수동적 자세로, 아직 활력이 조금 부족해 보입니다. 힘찬 근육과 뼈대를 지니고 있지만, 제힘으로 설 수 없는 인간이 하느님을 향해 손을 내뻗습니다.

얼핏 보기에 인간과 하느님의 모습은 그다지 달라 보이지 않습니다. 성서 창세기에 따라 인간은 하느님의 모상대로 창조되었으니 어디든 닮을 수밖에 없겠지요. 그렇게 하느님의 모습을 따라 창조된 인간은 이제 처음 자신을 지은 제 아버지를 바라봅니다. 그 눈은 한마디로 표현하기에는 불가능한 깊디깊은 무엇인가를 담고 있습니다. 사랑과 신뢰, 존경, 모든 것을 채워주시리라는 아이 같은 믿음으로 존재의 첫 시선을 지아비에게로 향합니다. 어떤 불순함도 담기지 않은 인간의 참모습입니다.

두 사람의 몸동작을 보면 둘 사이의 관계가 어떤지 한눈에 알아볼 수 있습니다. 깊은 친밀감이 두 사람 사이를 채우고 흘러갑니다. 이 친밀감은 너무도 힘차서 둘 사이에만 머물 수 없어, 어떤 장애물도 없이 거침없는 마음의 교류가 흐르고 내어줌과 받아들임이 끝없는 흐름을 형성하는 듯하지 않습니까? 그 흐름 속에 들어서면 누구라도 생기가 넘치고 그 전류에 감전되어 같은 흐름을 즐길 수 있을 것 같습니다. 정말이지 전류가 생겨나 팍팍 퍼질 것 같지 않습니까? 에덴에서 쫓겨나는 순간 아담의 눈을 보면 미켈란젤로의 예술적 천재성만이 아니라, 종교적 천재성도 맛볼 수 있습니다. 그의 작품은 종교를 떠나서는 그 가치의 반도 음미하지 못하게 됩니다.

똑똑하다는 현대인, 과거 어떤 세대도 지니지 못한 우주, 과학적 지식을 훤히 꿰는 현대들의 마음을 실제로 지배하는 사고가 의외로 단순합니다. 행복과 불행, 고통과 기쁨 거의 이 둘로 나누어져 있다고 해도 과언이 아닙니다. 그래서 인터넷에서는 사주카페가 성행하고, 용하다는 점집과 무속인은 그 유명세가 대단하다고 합니다. 왜냐하면 행불행을 자기 마음대로 주무를 수 없다는 사실쯤은 너무도 잘 알기에 앞날을 내다

본다는 그들의 힘을 빌리는 것이지요. 행불행이 인생의 중대한 관심사이니, 마음대로 주무를 수 없는 삶은 운명의 신의 장난이 되어버리고 행운이 따를 때만 인간은 행복할 수 있게 됩니다. 즉 불행해질 때 나는 내 인생의 주인이 아니라, 괴물 같은 운명의 신이 나의 주인이 되는 것이지요. 정말 그럴까요? 인생이 그저 행복과 불행만으로 이루어졌을까요?

우리는 창조된 존재입니다. 창조한 분이 있고, 창조된 한에는 존재의 한계가 있게 마련이지요. 그 존재의 밑바닥을 아는 인간의 창조주께 대한 깊은 신뢰는 행, 불행, 고통과 기쁨의 청룡열차에서 인간을 내려오게 해주고, 어린아이 같은 깊은 신뢰로 고통 속에서도 마음이 열려가는 참된 기쁨을 찾아줍니다. 창조를 이야기하는 이유는 아주 인간학적인 바탕에 근거합니다.

첫 만남, 첫 손길! 아직 첫 대화도 이루어지지 않은 두 존재의 첫 만남, 그 떨림이 보는 사람에게까지 전달됩니다. 서로에 대한 깊은 경이감으로 가득 찬 순간, 세상 온 천지가 이 두 존재만으로 가득 찬 듯 충만함이 빛처럼 사방으로 퍼져나가는 듯한 느낌마저 듭니다. 이 충만한 일치의 느낌 가운데서 놀라운 것은 살짝 떨어진 두 손가락입니다. 두 손가락은 붙어 있지 않고 떨어져 있습니다. 아마도 그림에서 이 두 손가락이 떨어져 있지 않고 붙어 있다면, 지금 느끼는 경이감은 많이 줄었을 것입니다. 잘 그렸을지는 몰라도 이처럼 강렬한 메시지를 지닌 그림이 되지는 못했을 것입니다.

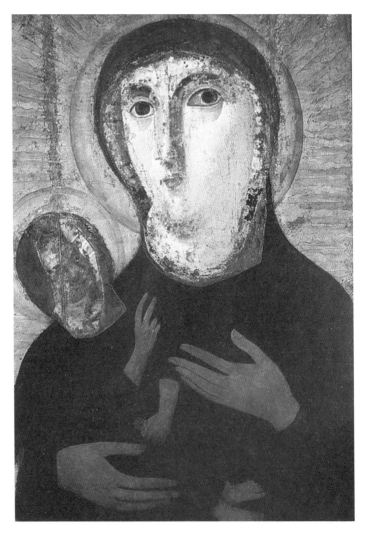

성모와 아기 예수를 그린 이콘, 산타 프란체스카 로마나 성당(전 산타 마리아 노바 성당) 소장

저 무심한 눈빛

저 무심한 눈빛!

그 눈 속으로 뛰어들고픈 충동이 일었습니다.

아들의 비명횡사를 처절히 경험한 한 어머니의 눈빛입니다.

이 작품은 서툴지만 강렬합니다. 성모 마리아의 맑고 투명한 눈빛과 맑은 피부 외에는 사실 작품으로 볼 것이 없습니다. 머리카락이나 고대 여성의 베일도 제대로 묘사되지 않았고, 머리 윗부분과 얼굴의 비율도 맞지 않습니다.

그런데 서툴러도 너무 서툴러 눈에 확 들어오는 부분이 있습니다. 아기 예수님입니다. 사실 아기 예수라 하기도 뭣하지요. 무엇인가에 갇힌 것 같기도 하며, 목 주위에 선이 있어 아기의 손만 없다면 잘린 두상을 안고 있는 모습처럼 보일 수도 있습니다. 그런데 가만히 보면 그것이 의도적임을 잘 알 수 있습니다. 알 수 없는 고대 화가의 세계로 한번 들어가보는 것도 흥미롭지 않을까요?

아기의 얼굴은 침 뱉음과 모욕, 채찍질을 당한 수난받는 종의 모습입니다. 엄마의 맑고 투명한 피부와 대조적으로 아기는 얼룩덜룩 흉하기 그지없습니다. 그 아들은 어머니를 두 손가락으로 가리키고 있습니다. 죽음도 생명도 아들의 넘어감마저도 받아낸, 아니 함께 죽고 함께 살아난 그 눈에는 모든 것이 담겨 있습니다. 그 넉넉함에는 죽음과 삶의 경계조차 없어져 삶이 곧 죽음이요, 죽음이 삶으로 이어지는 수렴과 통합의 마지막을 보는 듯합니다. 네 것도 나의 것, 나의 것은 물론 나의 것! 이런 논리로 복닥거리는 이 삶의 진흙탕에서 어느 날 이런 눈빛을 만난다는 것은 기적과도 같은 일이겠습니다.

이런 눈빛을 그려낸 화가가 다른 것에는 유독 서툽니다. 이 화가는 자기 작품의 예술성에는 아무런 관심도 없는 듯합니다. 그런 면에서 저 눈은 성모의 눈이자 이 익명의 화가의 눈일 수도 있습니다.

무엇이 나의 것입니까? 적어도 죽음 앞에서는 어떤 것도 내 것일 수 없음을 잘 알건만 '내 것은 역시 내 것'이라며 결코 손 놓지 못하는 어리석음 때문에 내 것을 지키고 불리려고 마음과 몸은 늘 안달입니다. 그러니 그 복닥거리는 가슴으로 이웃의 아픔을 담아낼 수 없을 뿐 아니라, 나의 아픔과 상처조차 감당하지 못해 절절맵니다. 저 무심함 속에 읽히는 삶과 죽음의 경계가 무너짐은 인간의 모든 이분법을 꿰뚫어 이것이냐 저것이냐가 아니라 사랑의 통합을 보게 해줍니다.

어느 날 양분된 나의 모습을 내리치는 번개마냥 경험한 적이 있습니다.

이 칫솔,
며칠 전 빗을 닦지 않았던가?
구역질로 왝왝거리던 아침,

잇몸의 때와 머리의 때가
무엇이 다르단 말인가?
온몸을 가로지르며
번개가 달렸다

초월과 애착,
포기와 성장,
선과 악,
미와 추,
슬픔과 기쁨,
고통과 쾌락,
내 것 네 것,
나와 너,

정신의 구역질!
구역질을 해도 수백 번은 해야 하리

렘브란트 반 레인(Rembrandt Harmenszoon van Rijn), 〈엠마오의 만찬(The Supper at Emmaus)〉(1648), 캔버스에 유채, 파리 루브르 미술

우리의 마음이 불타오르지 않았던가

그리스도교 신자라면 누구나 이 그림이 엠마오에서 예수님과 제자들과 빵을 나누시는 모습이라는 것을 한눈에 알아볼 수 있으리라 생각합니다. 함께 길을 가던 나그네이신 예수님을 전혀 알아보지 못하다가 빵을 떼어주실 때야 비로소 예수이심을 알아본 그들의 놀라는 모습이 잘 묘사되어 있습니다. 그런데 그림을 더 자세히 볼 필요가 있습니다. 이것으로 끝이라면 렘브란트의 그림이 아니지요.

시중드는 이가 아직 빵을 식탁에 놓지도 않았는데, 이미 예수님은 손에 빵을 들고 있습니다. 시중드는 이의 어리둥절한 표정이 재미있습니다. 좀 더 자세히 보면 손에 빵을 들고 계신 것이 아니라 예수님 자신의 손이 빵입니다. 누구도 흉내낼 수 없는 렘브란트의 천재적인 종교성과 예술성이 따로 놀지 않고 멋지게 조화된 한 장면을 우리는 마주하고 있습니다. 사실 종교화는 이 두 가지가 따로 놀면 보는 사람을 참 민망하게 합니다. 때로 종교화가 아니라 만화나 삽화를 보는 느낌이 들기도 하지요. 아, 예외도 있습니다. 샤갈의 성경 삽화는 차원이 다르긴 합니다.

그 빵을 떼고 계십니다. 식물이든 동물이든 타자를 위해 양식이 되려면 먼저 자신이 죽어야 합니다. 죽지 않고서는 자신의 몸을 양식으로 줄 수 없습니다. 이 그림 이전 장면에서 제자들은 희망의 상징이었던 예루살렘을 떠나 터덜터덜 힘없이 고향 엠마오를 향해 갑니다. 이스라엘이 그토록 갈망하던 메시아가 바로 예수라고 믿던 그들에게 십자가 처형은 청천벽력 같은 일이었습니다. 그들은 실망의 구렁에 빠져 예수를 만나기 전 그 예전의 삶으로 돌아가던 중이었습니다. 이들이 이러한 자신의 심경을 이야기하자 예수는 "어리석은 이들이여! 예언자들이 말한 모든 것을 믿는 데 마음이 어찌 이리 굼뜨냐? 그리스도는 그러한 고난을 겪고서 자기의 영광 속에 들어가야 하는 것이 아니냐?"라고 말씀하십니다.

그러한 고난을 겪고 자신의 몸을 내어놓은 이가 그 몸을 우리의 양식으로 다시 내어놓습니다. 자신의 죽음으로 살아 있어도 죽어 있는 것처럼 살아가는 자신의 제자들을 살립니다. 이 제자들은 예수님이 사라진 후 예수님의 이야기를 들을 때, 즉 아직 예수님을 알아보지 못할 때도 자신들의 마음이 불타올랐다고 합니다. 가장 좋은 작가, 강사는 듣는 이에게 불꽃을 피워주는 이라 합니다. 그 말은 단지 지식을 나누거나 자신을 과시하고 자신의 명예를 드높이기 위한 작품이나 강의는 사실 듣는 이의 마음에 생명의 불꽃을 피워주지 못한다는 뜻이죠.

그의 존재는 사랑으로 불타올라 주위를 환하게 비추고 있습니다. 실제로 제자들이 길에서 그분의 말씀을 들을 때 이 사랑의 불똥은 이미 그들 안에 튀어 그들의 마음이 타올랐습니다.(루카 24, 32)그리고 그분의 몸인 빵 또한 사랑의 불꽃으로 타올라 식탁을 환히 비추고 있습니다. 유별나게 환하게 빛나는 식탁보는 위에서 내려오는 빛이 아니라 빵에서 빛을 받은 듯합니다. 이 빵은 사랑으로 우리에게 당신을 죽음에 내어주신 예수의 몸이요, 그래서 불타오르는 빵입니다. 테야르 드 샤르댕이 이야기했듯이…….

뒷모습으로도 놀라고 있음이 분명한 두 제자와 그저 저 빵이 어디서 났는지에만 관심이 집중되어 예수에게는 아무런 관심도 없는 시중드는 이의 모습 또한 눈여겨볼 만한 대조성을 보입니다.

요하네스 베르메르(Johannes Vermeer), 〈젊은 여인의 초상〉(1668~1669), 캔버스에 유채, 뉴욕 메트로폴리
탄 박물관

맑음, 영혼의 그릇

2014년은 세월호로 인해 쉰내, 썩은 내, 곰팡내로 코가 아예 썩어버리지 않았는지 의심스러울 지경이었던 해였습니다. 우리 안에서 맑음을 길러내지 않으면 누구라도 사회 전체 가득한 그 냄새에 같이 절어버릴 수 있음을, 인간은 누구나 약한 존재임을 뼈저리게 느낀 해이기도 했습니다. 내 안의 맑음을 보고, 그것을 퍼올리는 작업을 하지 않으면, 돌아가는 세상, 그 평범함 속 지독한 자기중심성이 우리를 가득 채워 썩게 한다는 사실을 알게 해주었다는 측면에서 세상의 악한 현상에도 순기능이 있기는 있나 봅니다.

여기에 한 아이가 있습니다. 요즘 세상 기준으로는 예쁘다고 할 수 없습니다만, 이 아이가 제 마음속으로 한 걸음 들어와 앉았습니다. 사실 평범한 얼굴로 화가가 인물화의 주인공으로 삼을 만한 미인은 아닙니다. 화가는 〈진주귀걸이를 한 소녀〉를 그린 베르메르인데, 구도 면에서는 두 그림이 무척 닮았습니다만 두 소녀가 풍기는 분위기는 사뭇 다릅니다.

진주 소녀의 눈에 있는 왠지 모를 흔들림 같은 것이 이 소녀의 눈에는 없습니다. 그 흔들림이 어쩌면 이성적으로는 더 아름답게 보일지 모르나, 이 아이의 눈은 그저 맑고 순수합니다. 그런데 맑음만 있지 않으니 이것이 이 그림의 묘미입니다. 흔들림 없이 단호한 눈빛과 다문 입술은 아이의 속이 제법 단단해 보이게 만듭니다. 진주귀걸이를 한 소녀의 입술은 금방이라도 벌어질 것 같은 느낌을 주는데, 웃을지 울지, 아니면 무슨 말을 할지 알 수 없습니다. 신비한 느낌과 함께 무엇인가 속 깊은 흔들림이 감지됩니다.

그런데 이 아이는 까르르 웃음이라도 터트릴 것 같습니다. 이 맑음! 아침을 고요히 물들일 수 있는 것은 우리의 마음이 맑을 때만이겠지요? 이 아이의 삶 역시 만만치 않을 것입니다만, 눈빛의 단단함이 그 역경들을 헤치고 그 맑음을 더 큰 성숙으로 이어갈 수 있으리라 믿게 해줍니다. 설사 한때 이 맑음을 잃을지라도 다시 찾을 수 있는 강함도 느껴집니다.

그렇게 견뎌내고 넘어진 후 다시 일어선 맑음은 더 깊을 터이지요. 그리고 언젠가는 맑음이란 저절로 지켜지는 것이 아니라, 수많은 흔들림에 '아니오'라고 할 수 있는 밝은 눈과 힘참이 필요함도 깨달을 터이지요. 흔들리지 않고 성장하는 것이 있겠습니까만, 늘 흔들리기만 해서는 참 사람살이를 배워갈 수 없습니다.

사람으로 살아가는 것, 이보다 더 귀한 것이 없음을 깨닫는 날, 맑음의 고귀함도 더 크게 깨달을 수 있을 것입니다. 맑음은 나보다 남을 더 담을 수 있는 영혼의 그릇이니까요.

모두 사람 되어가는 길 위에

루오는 광대 안에서 크게 두 가지를 보는 듯합니다. 하나는 수난받는 그리스도의 상징이요, 다른 하나는 인간의 일상적 굴레를 벗어난 자유의 상징입니다. 이 그림은 주로 후자 쪽 경향이 강한 그림인데, 루오의 다른 광대와 많이 다릅니다. 그의 대부분 광대 그림은 흑백으로 그들의 고난에 찬 모습, 인간을 즐겁게 하기 위해 순간순간 목숨의 위협을 겪어야 하는 노고에 찬 분위기가 풍겨옵니다. 이에 반해 〈트리오〉라는 제목이 붙은 이 광대 그림은 제목이 없다면, 고귀한 귀족 부인이나 성녀를 그린 것으로 여겨질 정도로 분위기가 무척 다릅니다.

루오의 그림에 나오는 인물은 대부분 일그러지고 고통스럽고 괴이한 느낌마저 풍기는 경우가 많습니다. 거의 양극으로 나뉜다 해도 과언이 아니지요. 이 화가 역시 세상과 자신 안의 양극을 꿰뚫어 보는 사람이었나 봅니다. 그리고 대부분 상류층에 속하는 사람들의 모습이 더 험하게 그려져 있습니다. 수난받는 이들과 수탈하는 이들 그리고 그들 사이에서 세상의 참된 생명과 길을 지키려는 사람들 사이에는 언제나 그

조르주 루오(Georges Rouault), 〈트리오(Trio)〉(1943), 캔버스에 유채, 프랑스 릴 미술관

렇듯 하늘과 땅만큼의 차이가 있습니다. 프랑스에서 루오는 국민화가라는 칭호를 받는데, 미술 감상을 좋아하는 상류계층 사람들이 이런 루오의 경향을 어찌 보는지 살짝 궁금해지기도 합니다.

어쨌거나 루오의 광대 그림 중 특출한 이 그림은 시선을 끕니다. "광대는 바로 나였고 우리 모두였다. 어쩌면 우리는 모두 광대인지도 모른다." 이것은 루오 자신의 말입니다. 이 말이 의미하듯 그는 광대의 아주 다양한 모습을 그렸습니다. 실의에 찬 듯한 모습, 다친 모습, 흑백으로 수난의 모습, 험악한 모습, 심지어 미친 모습까지 다양한 인간군상이 나옵니다. 자신일지도 모르는 광대의 모습, 자신을 위해 살아가는 것이 아니라, 타인에게 웃음을 주기 위해 살아가며 영혼을 잃어가는 모습도 있겠지만, 이 광대의 길에서 참사람이 되어가는 이들을 그는 묘사하고 싶어 했다고 봅니다. 참사람 하나 찾기가 일생 걸려도 쉽지 않은 세상에 그 역시 살았을 것이고, 그 역시 참사람을 찾았을 것입니다. 루오는 그림을 통해 볼 때 온 존재를 걸고 참사람을 찾았던 사람입니다.

드물게 보는 이 트리오의 평화로운 얼굴, 평범하나 고귀함을 풍기는 이 모습은 루오가 찾고자 했던 그 참사람의 얼굴이 아닐까 짐작해봅니다. 다치고 낙담하고 화내고 일그러지고 무시당하고 멸시받고 그 길이 수난받는 길이자 사람 되어가는 길임을 루오는 꿰뚫어 보고 있습니다. 그리고 숫자상으로 가장 많이 그린 광대의 모습에서 특히 여인의 얼굴에서 그 모습을 찾았다는 것도 특기할 만합니다.

도메니코 기를란다요(Domenico Ghirlandajo), 〈마리아의 엘리사벳 방문〉(15세기경), 목판에 유채, 루브르 박물관

싱그런 만남

어떤 신부님에게 썩 잘 안다고 하기 힘든 한 자매가 찾아왔습니다. 한눈에 봐도 지쳐 보였고 딱한 처지에도 잘 버텨주는 모습이 안쓰럽기도 하고 안타깝기도 하여 신부님은 자신의 일정을 뒤로하고 자매를 위해 시간을 냈습니다. 자매는 상당히 긴 시간 자신의 처지에 대해 하소연하며 울기도 하고 푸념과 원망을 토로했습니다. 신부님은 그저 아무 말 없이 자매님의 아픈 사연을 듣고만 있었고, 그 자매는 끝없이 자신의 아픔을 쏟아냈습니다. 이야기를 다 마치자 그 자매는 "신부님, 긴 시간 정말 감사합니다. 신부님의 충고 정말로 도움이 되었습니다. 이제 갈피가 잡히는 것 같습니다"라고 하더랍니다. 그 신부님은 거의 해준 말이 없었건만, 자신의 아픔을 진정으로 공감해주는 사람 앞에서 이미 스스로 해답을 얻었던 것입니다.

이 장면은 만남 자체에 대해 많은 것을 생각하게 해줍니다. 참된 만남은 많은 경우 거의 첫 만남에서 서로를 알아보며 만남 자체가 이미 치유의 효과를 발휘하곤 합니다. 물론 오랜 세월 서로를 겪으며 생겨나는 만남도 있지만, 운명적 만남, 참된 친구 사이라고 할 수 있는 경우는 대부분 첫 만남에서 서로를 알아본다고 합니다. 이 그림 속 마리아와 엘리사벳처럼……

참된 만남은 그 자체로 놀라운 생명력이 있습니다.

그림은 처녀로 잉태한 마리아가 임신하기 힘든 나이에 아이를 가진 친척 엘리사벳을 방문하는 장면입니다. 두 사람 다 자연적인 힘으로는 불가능했던 일이 자신에게 일어났고, 특히 마리아는 당시 풍습으로는 돌에 맞아 죽을지도 모르는 처녀 임신, 그것도 약혼 상대자도 모르는 임신을 한 몸이었습니다. 약혼자에게조차 아니 약혼자이기에 더더욱 사실을 털어놓을 수 없는 비밀, 천사에게 받은 그 놀라운 메시지, 혼자서 담아두기에는 너무도 벅찬 엄청난 신비를 전해 들은 엘리사벳은 그것을 있는 그대로 느끼고 "믿으신 이여, 당신은 복됩니다"라고 찬미의 노래를 부릅니다. "믿었으니 복되다"라고 합니다. 일어난 놀라운 일에 대한 찬사가 아니라, 상대의 내면에 일어나는 그 움직임을 간파할 수 있었던 것은 자신도 그러한 체험을 했기 때문이 아니겠습니까? 마리아는 아무리 은총의 바닷속에 있었다 할지라도 동네사람들과 약혼자 요셉의 그림자를 떨쳐버릴 수 없어 두려워할 수밖에 없었을 것입니다. 마리아의 마니피캇을 보면 이 만남은 그 두려움을 훨훨 털어내준 것 같습니다.

얼마나 싱그러운 만남입니까? 놀라운 일을 겪는 데 대한 자아도취나 상호 찬양 같은, 인간관계에서 흔히 일어나는 통속적인 절차도 없이 곧바로 하느님의 일과 그 신비를 신뢰하는 사람들이 있습니다. 이런 만남을 통해 서로가 서로에게 신선한 생명수와도 같은 존재가 될 수 있습니다.

정글에 버려져 늑대에게 키워진 아이의 이야기를 들어보셨겠지요. 인간은 인간과의 만남, 사랑의 관계 안에서만 인간으로 성장해갈 수 있습니다. 누구도 자기 홀로 인간이 될 수 없습니다. 그렇다면 인간에게 만남이란 있으면 더 좋고 없으면 좀 섭섭한 그런 것이 아니라, 인간이기 위해 필수적입니다.

사랑의 촉수

낯선 이를 만났지만
금방 알아볼 수 있는 특별한 순간
많은 말을 나누지 않았건만
서로를 꿰뚫어 볼 수 있는 섬광보다 강렬하고 투명한 순간

사랑은 사랑에게만
자신의 모습을 드러내니까요.

수없이 많은 말들로 상처만 입고 마는 이들
수없이 많은 행위가 오직 자신만을 향해 있어
언제나 서로 이방인으로 살아가지는 않나요.

진정한 사랑은 이미 자신 안에 있어
사랑을 만나 사랑이 익어가는 것뿐이지요.

이런 이들은 사랑하는 사람들이 아니라
이미 사랑이 되어버려

그리움의 갈증 속에서도
이미 청정한 샘물을 길어오는 이들
이런 이들은 서로를 알아볼
사랑의 촉수를 지녔습니다.

씨 뿌리는 사람

발걸음도 힘차게 한 농부가 씨를 뿌립니다. 갈아엎어 울퉁불퉁한 밭 위, 걷기도 쉽지 않은 거친 밭에서 일하는 농부는 전혀 힘들어하지 않는 것처럼 보입니다. 쭉 뻗어 나가는 다리를 통해 농부의 건강한 영혼이 그대로 전해지는 느낌입니다. 땅과 농부, 태양, 잘 익은 밀, 날고 있는 까마귀, 저 멀리 작은 집이 모두 하나로 조화를 이루고 있습니다. 그러나 이 멋진 장면에서 만약 농부가 빠져 있다면 그저 그런 그림이 되었겠지요. 땅을 갈아엎고, 씨 뿌리고, 비를 기다리며, 익어가는 곡식을 바라보며 살아가는 땅의 사람, 시간과 함께 손도, 발도, 얼굴도 흙을 닮아가는 땅의 사람. 고흐의 〈씨 뿌리는 사람〉입니다.

같은 제목의 밀레의 그림이 있는데, 고흐가 밀레의 그 그림을 모사한 것입니다. 그러나 이렇게 말하는 것이 무색할 정도로 두 그림은 비슷하되 아주 다릅니다. 밀레는 고흐가 가장 존경하는 화가였고, 고흐는 이 작품 외에도 밀레의 여러 작품을 모사했습니다. 그런데 이 그림은 모사한 작품이라고 하시만 분위기부디 확 다릅니다. 밀레 역시 여러 의미에서 시대를 앞서가는 화가였지요. 앞서가는 예술가들이 늘 그렇듯, 〈씨

장 프랑수아 밀레(Jean François Millet), 〈씨 뿌리는 사람(The Sower)〉(1850), 캔버스에 유채, 미국 보스턴 미술관

빈센트 반 고흐(Vincent Willem van Gogh), 〈씨 뿌리는 사람(The Sower)〉(1888), 캔버스에 유채, 네덜란드 크뢸러-뮐러 미술관

뿌리는 사람〉을 비롯해 그의 다른 작품도 찬사와 비난을 동시에 받았습니다. 귀족이나 부르주아의 모습이 아닌 농부들을 그린 것 하며, 거칠디거친 환경 등이 당시 미술가나 그림 애호가에게는 신선함과 동시에 충격을 안겼습니다. 그러니 고흐의 관심을 끌 수밖에 없었겠지요.

고흐는 동생 테오에게 "이건 베끼는 것이 아니고 다른 언어로 말하는 것이다"라고 편지를 씁니다. 두 작품을 같이 보면 이 말이 잘 이해됩니다. 밀레의 작품에서 밭은 경사가 심하고 거친 밭 위에서 농부의 표정은 지칠 대로 지친 것처럼 보입니다. 그래도 노동으로 다져진 몸의 힘찬 움직임은 정말 인상적이지요. 왼쪽 발은 거의 꺾일 지경으로 비틀려 있는데, 밭농사를 지어본 사람이라면 그 이유를 알 수 있을 것입니다. 넓고 경사가 급한 밭에 씨를 뿌리려면 저렇게 발을 비틀어 미끄러짐을 방지해야겠지요. 그 경사진 곳에서도 휙휙 지나가며 씨를 뿌리는 속도감이 전해져 옵니다. 그뿐만 아니라 밀레의 고향인 노르망디의 춥고 음습한 분위기가 그림에도 그대로 전해집니다. 그러다 보니 밀레의 그림 전체 분위기는 일종의 사회고발 같은 느낌이 들 정도로 농부의 노동 자체의 힘겨움, 수확한 곡식의 대부분을 지주들에게 빼앗기고 제대로 된 보상을 받지 못하는 삶의 고단함이 깊이 느껴져 옵니다. 심지어 표정에는 분노 같은 것마저 풍겨 나옵니다.

그런데 고흐의 그림은 첫 느낌부터 다릅니다. 남부 프랑스의 환한 태양, 보랏빛을 띠어 훨씬 밝게 보이는 땅, 무엇이든 심으면 자랄 것 같은 비옥한 토양, 경사 없이 평탄한 밭, 밀레와 달리 비틀리지 않고 척척 가뿐히 내딛는 발걸음, 까마귀가 뿌린 씨앗을 먹어도 개의치 않는 농부의 태도, 씨를 언제 다 뿌릴까 싶은 넓은 밭 위를 힘차게 성큼성큼 걸어가는 모습에서 어떤 숭고함마저 느껴집니다. 고흐 또한 농부의 거칠고 고단한 삶을 모르지 않았습니다. 그의 첨예한 감수성이 그것을 놓칠 리 없지요. 그럼에도 그는 고단함보다 건강한 모습을 부각합니다. 그가 낙천적이어서가 아닙니다. 그에게 진정한 건강함이란 고통과 고난 없이 그저 잘살아가는 것이 아니라, 고난 속에서도 자신을 잃지 않고 희망의 빛을 찾는 데서 드러나기 때문입니다.

이 그림은 이상하게도 뒤편에 누렇게 익은 밀밭이 펼쳐져 있습니다. 그리고 앞의 밭에 수확이 끝나고 곧바로 씨를 뿌리는데, 짐작건대 이는 현실에서의 농법은 아닐 것입니다. 아마도 뒤에 펼쳐진 밀밭은 지금 뿌리는 희망의 씨앗이 자란 모습을 표현하고 싶었는지도 모르겠습니다. 그리고 밀밭 위에 떠오르는 찬란한 태양! 사방으로 빛을 뿌리고 있습니다. 우리는 단지 '힘겹다'는 말로는 턱없이 부족한 고흐의 삶을 잘 압니다. 삶이 힘겹다고 해서 금방 잃어버릴 빛이라면 그것은 아직 빛이 아닙니다. 진정한 빛이란 어둠 속에서 더 발하는 법이니까요.

아름다운 얼굴

　인간의 고운 모습은 참으로 다양합니다. 조그만 아기의 잠든 모습이나 까르르 웃는 웃음, 젊은이들의 싱싱한 아름다움, 어여쁜 여인의 조화로운 아름다움, 열심히 일하는 노동자의 모습, 양손에 힘이 풀린 어르신의 평화로운 모습, 때로는 진정으로 고뇌하는 인간의 모습에서도 우리는 아름다움을 발견할 수 있습니다. 심지어 이스라엘 미학에서 가장 정점은 '이사야서의 수난받는 종'의 모습이라고 하는 성서학자도 있습니다. 그 장면에서 수난받는 종은 침 뱉음과 채찍질에 수염까지 뽑힙니다. 미술에서도 실제 현실에서는 전혀 아름답지 않은 것을 그렸음에도 오히려 가슴을 후벼파듯 강렬하게 사람을 휘어잡는 작품이 적지 않습니다. 이런 류의 삭막한 느낌을 자아내는 그림으로는 루오를 빼놓을 수 없겠지요. 아름다움이 그저 매끈하고 곱기만 한 것이라면, 루오의 그림은 전혀 아름답게 보이지 않을 것입니다. 그런데 루오의 그림만큼 그리스도교 신자가 아닌 사람에게도 깊은 울림을 주는 그림은 드뭅니다.

　이 작품은 현대의 유명한 종교화가 조루주 루오의 그림 중에서 드

조르주 루오(Georges Rouault), 〈성녀 베로니카〉(1945), 캔버스에 유채, 파리 퐁피두센터

물게 그림 자체가 아름답고 곱습니다. 저는 개인적으로 성모님 그림도 너무 여성스럽거나 귀족적이거나 곱상한 것은 일단 거부감부터 드는데, 이 그림에서는 첫눈에 사람을 사로잡는 매력을 느꼈습니다. 이 아름다운 분은 초기 그리스도교에서 전해 내려오는 베로니카를 그린 것입니다. 전해지는 이야기에 따르면, 베로니카는 예수님이 십자가를 지고 가는 길을 뒤따르며, 그분이 넘어지시자 로마 병사의 위협에도 불구하고 다가가 그 얼굴의 피땀을 자신의 수건으로 닦아드린 여인이라고 합니다. 그 수건에는 예수님의 얼굴이 찍혔기 때문에, 그녀의 베로니카라는 이름도 "그리스도의 참된 얼굴"을 뜻합니다.

초기 그리스도교부터 전해지는 그리스도교 미술 이콘 중에서도 가장 초기 작품이 이 얼굴을 그린 것으로 '손으로 만들지 않은(아케이로포이에토스)', 또는 '천 위에 주님의 이콘(만딜리온)'이라 불립니다. 루오는 이 여인의 얼굴을 그렸습니다. 현대의 대표적 종교화가인 루오는 대체로 세상의 약자들, 수난받는 이들, 고난당하는 예수의 얼굴을 그렸습니다. 그런데 이 베로니카의 얼굴은 말로 표현하기 어려울 정도로 아름답습니다. 정말 닮고 싶은 그런 얼굴입니다.

채찍이 휘날리는 사형수의 길, 상처 입고 말없이 고통을 지고 가는 예수님께 대한 연민과 사랑은 그 참혹한 상황에 대한 두려움마저 넘어서게 했습니다. 자신이 어떻게 될지도 모를 상황마저 까맣게 잊어버리게 하는 자기 망각의 사랑, 그리한 사랑이 새겨진 얼굴입니다. 금방이라도 손을 뻗어 얼굴을 감싸줄 것 같은 따스함이 느껴집니다. 그럼에도 함부로 범할 수 없는 종교적 엄숙함 또한 느껴집니다. 화가는 어떻게 이런 얼굴을 그릴 수 있었을까요? 루오는 이 그림을 그릴 때 무슨 생각을 했을까요?

참인간이 그리운 세상입니다. 사람다운 사람, 사람을 생각해주는 사람, 사람의 고통을 이해하는 사람, 그 고통을 함께할 수 있는 사람. 세상은 이런 사람을 찾고 있습니다. 베로니카 그녀는 가장 고통받는 분에게서 가장 고귀한 것을 얻었습니다. 아니 고통받는 분 바로 그분 자신을 받았습니다.

고통받는 분의 얼굴을 닦아드린 그 수건에 그분의 얼굴을 받았으며, 그 얼굴은 세월을 두고 그녀 자신 안에 조금씩 조금씩 새겨져 그분의 모습을 닮게 되었습니다. 그녀의 머리 위 수건에는 십자가가 새겨져 있습니다. 그녀의 아름다움은 바로 여기서 흘러나옵니다.

만남의 끝자락

    사람과 사람이 만나고, 일과 일이 섞여, 사람과 일 사이, 사람과 사람 사이가 얽히고설켜 풀기 어려운 실타래 같은 상황에 놓이는 것은 특별한 사람, 특별한 순간이 아니라 인간 역사가 지속되는 한 어느 때든 어디서든 누구에게든 일어나는 너무도 보편적인 일입니다. 일이 성공적으로 되어가는 경우, 이런 상황은 전혀 일어나지 않는 듯이 보이나, 많은 경우 어떤 사람이 다른 사람의 뜻을 밟고 올라가 아예 문제를 깊은 곳에 묻어버렸기 때문일 수 있습니다. 저 물밑에 묻혀 있던 문제가 일이 꼬이기 시작하면 부글부글 끓어올라 수면 위로 올라오는 경우가 많습니다. 서로가 서로를 존중하고, 서로의 뜻을 맞추고자 할 때 오히려 이런 상황은 더 극적인 형태로 일어날 수도 있습니다.

    아마도 이 상황에 대한 가장 흔한 예를 찾을 수 있는 곳이 가정이 아니겠는지요? 서로 뜻을 맞추어 행복하게 살아가고 싶지 않은 부부가 어디 있겠습니까만, 진정으로 행복해 보이는 부부를 만나는 것은 흔한 일이 아닙니다. 봉쇄 수도원이라는 닫힌 환경 때문만은 아니라고 믿습니다만, 사실 지금까지 "아, 저런 부부생활이라면 나도 살아보고 싶다"라

미켈란젤로 부오나로티(Michelangelo Buonarroti), 〈아담과 이브의 원죄와 낙원추방〉(1508~1512), 프레스코화, 바티칸 미술관

고 느끼게 하는 부부를 단 한 쌍도 만나보지 못했습니다. 대체 왜일까요? 제가 너무 비관적일까요?

누구도 이 물음에 대한 명쾌한 답을 갖고 있지는 않을 것입니다. 만약에 답이 있었다면 인류 역사는 그렇게 비참하지는 않았을 테지요. 우리 현대인과 마찬가지로 옛날 사람들도 똑같이 이런 물음에 봉착했던 모양입니다. 그리스도교 신자가 아닐지라도 이 그림이 성서의 아담과 하와가 원죄를 범하고 낙원에서 쫓겨나는 장면이라는 것은 아시리라 믿습니다. 낙원에서 쫓겨난 인간, 한없이 그리워하면서도 돌아갈 수 없는 고향에 대한 무한한 그리움!

이런 면에서 인간은 누구나 참 가엾은 존재들입니다. 몸을 칭칭 감는 욕망과 유혹으로 인해 점점 자신에게서 멀어지고, 가장 사랑하는 이와 관계가 틀어지며, 하느님을 만날 수 없고, 관계는 얽히고설켜 삶과 존재의 밑바닥을 헤매야 할 때가 많습니다. 이러니 삶이란 그저 비참하고, 이 지상에서는 낙원으로 돌아갈 희망도 없으니 그냥저냥 대충 살다 가면 그만인 것일까요?

이 부정할 수 없는 엄연한 현실 앞에서 사람은 생명과 죽음, 축복과 저주를 선택해야 하는 순간을 맞이합니다. 생명은 죽어야 얻을 수 있으며, 축복은 저주조차 감내할 때 스스로 찾아오는 것임을 이 존재의 밑바닥에서야 우리 인간은 알아듣습니다. 오늘 이 순간에도 우리는 바로 옆 사람과 뜻을 맞추는 일이 결코 쉽지 않음을 온몸으로 체험합니다. 그러나 내 뜻대로 된다 한들 그것이 곧 행복은 아니라는 사실 또한 경험으로 알고 있습니다. 내 뜻이 관철된다는 것은 곧 남의 뜻은 바닥으로 던져졌다는 사실을 의미하는 경우가 대부분이니까요.

　낙원에서 쫓겨나는 그 유명한 과정, 뱀이 하와를 유혹하고 하와는 아담에게 과일을 먹이고, 하느님의 질문에 남자는 여자에게, 여자는 뱀에게 책임을 돌리는 한심함의 바닥을 치는 성경 이야기. 이것을 나와 상관없는 남의 이야기로 느끼는 사람은 없을 것입니다. 이것이 창조 이야기 속에 들어간 바로 그 이유, 그 원초성 앞에 우리는 서 있습니다. 우리라는 존재는 늘 만남의 끝자락에 서 있다는 이야기일까요? 이렇게 바꾸어보면 어떨까요? 끝자락이기에 다시 시작할 수 있다고. 성경 이야기를 여기서 다 분석할 수 없고 그럴 자리도 아닙니다만, 성경은 어디에도 완전한 절망으로 끝나는 곳이 없습니다. 관계의 끝자락에서 쫓겨난 아담과 하와는 그림에서처럼 같은 길을 갑니다. 너 때문에 이 지경이 되었으니 "빠이빠이"를 외치지 않습니다. 그래도 다시 시작하는 것이지요.
　만남의 끝자락은 저주라기보다 새로운 시작입니다. 우리 만남은 우연이 아니기 때문이지요. 아담과 하와의 결말은 사실 인간이라는 존재 기반을 생각하면 예견된 일이었습니다. 마찬가지로 우리가 누군가와 만남의 끝자락에 있다면 그것도 예견된 일입니다. 이것은 미완성인 존재의 슬픔이자 축복입니다. 그 슬픔으로 우리는 깊어지고 그 축복으로 우리는 행복을 얻습니다. 두 가지는 늘 밀물과 썰물처럼 반복됩니다. 오직 한 가지만 있는 것이 오히려 저주일지 모릅니다.

눈물 없는 사랑은

눈물 없는 사랑은

자기도취이거나 자기애의

또 다른 모습일런가.

털벌레 한 마리 그 원색의 화려함에 넋을 잃어

가만히 손끝 대었더니 발갛게 부어오르고 말았다.

멀리서의 안타까움도

가까이에선 머리끝 쭈뼛 서버리는

철저한 이방인 고슴도치

다가갈수록 서로 상처만 입히지.

상처 입고 피나지만

다가가고 싶은 안타까움 줄어들지 않아

그래도 그만둘 수 없는 사랑의 길

그 길에서 흘린 피

어느 날 자신에게 도로 흘러드는

빛 흐름

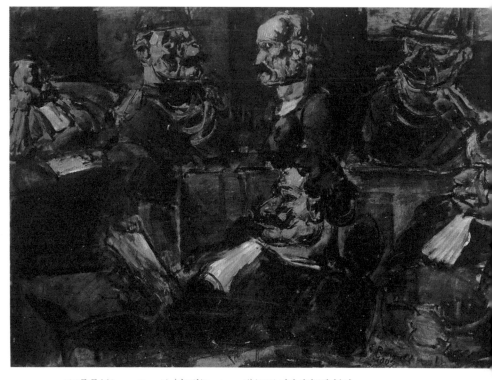

조르주 루오(Georges Rouault), 〈피고인(The Accused)〉(1907), 파리 시립근대미술관

피고

〈피고〉라는 제목의 그림입니다. 재주가 용하신 분, 한 번 누가 피고인지 알아 맞춰보세요. 저는 보고 또 봐도 도대체 구별할 수 없습니다. 그림에 대해 전혀 모르는 사람이 보더라도 도대체 누가 피고이고 원고이며 판사나 검사, 변호사가 누구인지 전혀 구별하기 힘든 묘한 그림임을 한눈에 알 수 있습니다. 일반적으로 판사, 검사라면 멋진 법복에 말쑥한 모습을 상상합니다. 그러나 위엄을 갖추고 목소리도 근엄한 그런 사람의 모습은 이 그림에서는 찾아볼 수 없습니다. 오히려 괴물을 연상케 하는 사람들의 모습은 험악하기 짝이 없습니다. 눈은 번들거리며 두려움 가득 주위를 살피고 있고, 주먹만한 코는 욕심 덩어리 내면을 그대로 보여주는 듯합니다. 흘겨보는 눈, 뒤로 젖힌 거만한 자세, 무섭다기보다 웃음이 피식 새어 나오게 합니다. 화가 루오가 살았던 시대의 모습이겠지요.

그렇지만 현대의 우리와 조금도 다름없는 모습이 아니겠습니까? 2009년 한 해만 하더라도 우리는 기가 막힌 법의 판결에 한숨밖에 나오지 않는 참담한 경험을 했습니다. 평생 일군 모든 것을 빼앗기게 된 이들이 자신의 것을 지키고자 했던 것이 화근이 되어 용산의 세입자들은 어느 날 갑자기 공권력에 대항하는 투사가 되어버리고 말았습니다. 그런데 약자를 보호해주는 공권력은 어디에도 찾아볼 수 없으니 더 기가 막힌 일입니다. 보호하기는커녕 오히려 궁지로 몰아 죄인이 되게 만드니, 이런 상황에서 자신을 지키고자 나섰지만, 폭력 외에 기댈 곳이 없음을 몰리고 몰린 끝에 터득할 수밖에 없었던 철거민의 심정을 이해할 수 있는 이들이 얼마나 될까요?

그래도 폭력만은 안 된다는 말을 그리스도교 수도자인 저는 감히 할 수 없었습니다. 그것은 그들에게 돌을 던지는 일이 되어버리기 때문입니다. 함께 돌을 맞지는 못할지언정 돌을 던질 수야 없지 않겠는지요?

그렇게 망루까지 만들고 시너를 품에 넣은 이들, 자신을 믿는 가족 생각에, 이제 더 이상 자신의 권리를 찾을 길이 없어진 이들의 마지막 발버둥에 민중의 지팡이라는 경찰은 물대포를 퍼부었습니다. 물대포를 쏘면 화재의 위험이 있다는 기본상식을 꿰뚫고 있는 이들이었습니다. 그리고 화마가 마지막 발버둥이었던 망루를 삼키고 그들의 생명마저 삼켜버리고 말았습니다.

아마도 그분들이 시너를 품었다는 사실을 비난하는 이들도 있을 수 있겠습니다. 저는 가톨릭의 수도자로서 제 생명을 빼앗긴다고 할지라도 시너를 품지는 않을 것임을 명백히 알고 있습니다. 그럼에도 저는 이

분들을 도저히 비난할 수 없습니다. 일생 모든 것을 바쳐 키워온 가족의 삶의 바탕을 다 잃게 된 수많은 이들, 그리고 그 대신에 들어설 고급 아파트, 이들은 대체 누구를 위해 자신의 일생을 희생해야 하는 것일까요? 국가 공공기관들은 거짓과 술수로 이들의 희생을 사회 안에 묻어버리고자 합니다. 경찰과 공무원들은 누구를 위해 거짓과 사기, 음모마저도 서슴지 않는 것일까요? 거대기업들은 공공기관 뒤에 숨어 모습조차 드러내지 않습니다. 앞에선 공무원, 국가 고위관리들이 삶의 막바지로 몰린 이들을 불도저로 밀어내면 거대기업들은 고급아파트를 지어 편안한 주택을 공급하고 명성과 부를 함께 얻습니다. 경찰은 여기서 마지막 뒤치다꺼리를 합니다. 법정이 열렸습니다. 판사와 검사, 피고들, 변호사들, 증인들!

누가 과연 피고인가요?

용산참사를 재판하기 위해 열린 법정은 우리 시대의 양심을 심판하는 법정이었습니다. 피고가 오히려 판사와 검사 더 나아가 국가의 높으신 분들, 아니 국민 전체를 죄인으로 고발하는 자리였습니다. 그들을 미화해 영웅으로 만들고 싶은 생각은 없습니다. 살아남은 유족들이 고백했듯이, 그때까지 그들 역시 자기 가족의 안위밖에 모르던 이들이었습니다. 루오는 이러한 사회를 꿰뚫어 보고 있었습니다. 피고도 판사도 모두가 죄인입니다. 그러나 피고는 자신이 죄인인 줄 아는데, 판사나 검사는 자신들만이 타인을 재판할 자격이 있다고 믿고 있다는 데 진짜 문제가 있는 것은 아니겠는지요?

가난한 이들을 짓밟고 생명을 부수는 사람들이 자신이 세상에 참된 행복인 물질적 풍요를 가져오고 있다고 큰소리치는 이 슬프도록 무서운 사회 안에 그래도 루오와 같은 눈을 지닌 이들이 있다는 사실이 희망의 싹입니다.

태초의 여인

부활한 사람, 부활한 몸은 어떤 모습일까요? 고뇌와 고난, 슬픔이 없을 수 없는 세상의 삶 안에서, 이미 이런 것들을 넘어선 부활이 그리워질 때 드는 의문입니다. 그러던 어느 날 최종태 선생님 화집의 이 조각 사진을 만났습니다. 요즘 신문, 잡지, 텔레비전 심지어는 거리에서조차 쉽게 만날 수 있는 배우들의 늘씬한 몸매와는 거리가 멉니다. 다이어트가 모든 이들의 일상이 되어버린 현대에서 찬양받을 수 있는 몸은 결코 아닙니다.

그런데 왜 저는 이 여인의 몸에서 부활한 몸을, 혹은 태초의 여인 하와의 몸을 감지하게 되었을까요? 이 평범한 여인의 몸은 육감적 아름다움에 집착한 욕망의 몸이 아닙니다. 시간과 노력을 외적 아름다움에 투자하는 집착에 가까운 욕망이 낳은 콜라병 몸매는 찾아볼 수 없습니다. 그렇다고 이제 삶의 어떤 신선한 생명력도 남아 있지 않은 여인네의 탐식으로 형성된 둔감한 몸도 아닙니다. 아기를 키워낸 가슴은 처져 있으나 아직 볼륨이 있고, 적당히 허릿살도 붙어 있지만 쭉 뻗은 몸은 이 여인의 기상을 말해주고도 남습니다. 아기를 낳고, 노동을 통해 가족을 먹

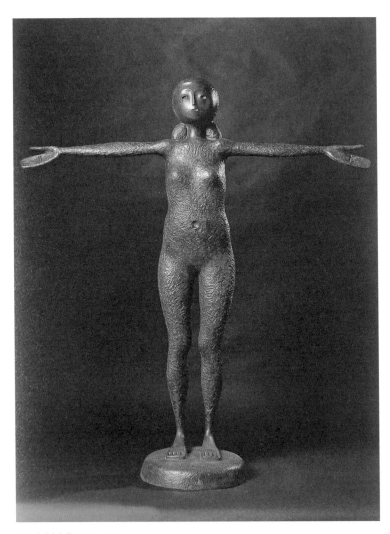

최종태, 〈여인상〉(2004), 브론즈

여 살려온 여인의 마음은 희생자 의식에 갇혀 중년기 우울증에 빠지기는커녕 한없이 넓게 열려 있습니다. 그녀의 활짝 열린 팔은 자신의 드넓은 마음과 삶을 통해 얻은 자유를 느끼게 해줍니다.

두 손 또한 활짝 열려 있습니다. 삶에서 오는 고난이든, 기쁨이든 있는 그대로 수용하려는 자세가 그대로 드러납니다. 아이를 키우고, 남편, 시댁 식구와 함께 살아가면서 올 수밖에 없는 여인들의 한계 그리고 부딪침과 갈등, 그뿐만 아니라 누구의 삶에라도 언제든 들이닥칠 수 있는 불행도 죽음을 넘어선 부활을 체험한 이에게는 자신을 얽매는 족쇄가 되지 못합니다. 고통은 여전히 고통으로 남지만, 고통 속 깊은 사랑은 오히려 그녀의 마음을 더 깊고 더 자유로운 대지로 이끌어줍니다.

진정 생명을 낳는 어머니, 태초의 하와입니다. 자신이 배로 낳은 자식에게 이제는 영적 생명과 진정한 자유를 통해 다른 생명을 전달합니다. 남편 역시 그의 모습 있는 그대로를 받아들임으로써 그에게 새로운 존엄을 부여합니다. 그녀의 두 발은 여전히 확고하게 땅을 디디고 서 있습니다. 지상의 일 따위 아무 관심도 없는 도통한 사람이 아니라, 오히려 땅의 일에서 중심이 무엇인지, 이차, 삼차적인 것은 무엇인지 똑바로 알아봅니다.

그녀의 두 눈을 보십시오. 비어 있는 듯 혹은 무엇을 응시하는 듯 한없는 무엇인가를 담고 있습니다. 땅에 굳건히 디딘 두 발과 달리 두 눈은 인간이라면 누구나 닿아야 할 땅, 혹은 생명의 참 근원인 분, 오직 한

분을 향하는 듯합니다.

그리하여 이 여인은 수치심을 모릅니다. 죄를 짓기 전 하와처럼 알몸으로 지극히 편안합니다. 숨길 것도, 두려워할 것도 없기 때문입니다. 창세기에 따르면 인간이 죄를 지은 후 가장 먼저 한 짓은 무화과 잎으로 두렁을 만들어 알몸을 가리는 일이었습니다. 그리고 두 번째로 하느님을 피해 나무 그늘에 숨습니다. 이 여인은 무화과 잎으로 엮은 최소한의 것조차 없이, 어떤 수치심도 없이 당당하게 서 있습니다. 더구나 숨지 않습니다. 두려움 없는 사랑, 수치심 없는 사랑! 쭉 빠진 몸매가 아닐지라도 있는 그대로의 자신을 동료 인간과 하느님 앞에 수치심 없이 드러낼 줄 아는 여인입니다. 이런 당당함이 삶을 자유롭게 합니다. 이 당당함에는 '나 잘난 맛에 사는 이의 도도함'은 찾아볼 수 없습니다. 활짝 열린 팔은 언제라도 부드럽고 포근히 상대를 감싸줄 듯합니다. 부활의 여인은 수치심과 두려움이 없는 사랑의 여인입니다.

자기도취, 자기 비움

　이 그림은 카라바조라는 이탈리아 화가의 '자기도취', 즉 〈나르시시 즘〉이라는 그림입니다. 잘 알고 계시겠지만 아름다운 미소년이 호숫가 에서 자신의 아름다운 모습에 도취되어 물속을 바라보다가 빠져 죽는 데, 여기서 수선화가 피어났다는 이야기입니다. 자기애, 자기도취에 대 한 이야기가 나올 때는 '반드시'라고 해도 좋을 만큼 자주 인용되는 아 주 익숙한 이야기지요.

　이 사실만 그렸다면 뭐 재미있기는 해도 마음까지 울리는 그림은 아니었을 것입니다. 명작에는 반드시 상식을 깨는 무엇이 있습니다. 그 림을 자세히 살펴보지요. 물 바깥 실제 모습의 소년은 정말 잘생긴 얼굴 입니다. 그 용모를 받쳐주듯 옷차림도 아름답습니다. 그런데 반원을 그 리듯 물속에 비친 모습은 의외로 아름답지 않을 뿐만 아니라, 흉하기까 지 합니다. 그림을 뒤집어놓고 보면 아주 역력합니다. 화가가 의도적으 로 그렇게 그린 것이 분명합니다.

　그렇다면 그 옛날 신화 속 이야기와는 다르게 그렸다고 보아야 할 까요? 그렇지는 않은 것 같습니다. 카라바조라는 화가가 그 신화를 독

카라바조(Michelangelo Merisi da Carravagio), 〈나르키소스(narcissus)〉(1597~1599), 캔버스에 유채, 로마
국립고대미술관

특하고 참신하게 해석한 것입니다. 물 위 실제 소년의 표정은 자신의 아름다움에 도취한 모습이기보다 절망에 빠진 듯합니다. 신화 속 이야기처럼 아마도 소년은 늘 자신의 아름다움에 도취되었을 것입니다. 보고 또 보다 보니 다른 눈이라도 생겼는지 모릅니다. 점점 물속에서 자신의 다른 모습을 보기 시작한 것이라고 화가는 보지 않았을까요?

물속 추한 얼굴, 우리 누구나 내면에 내가 잘 모르고, 잘 접하지 않는 또 다른 얼굴을 지니고 있습니다. 그 얼굴은 많은 경우, 아니 전부라고 해도 과언이 아닐 만큼 추한 모습입니다. 이 소년이 자신의 외적 아름다움에 취해 자신만을 바라보다 접한 추한 모습, 그것은 어쩌면 자신에 취해 있는 모습 그 자체일 수도 있습니다. 자신에게만 시선이 향해 있는 사람, 남에게는 관심도 없고, 지극히 이기적이고, 자기중심적인 인간의 모습. 이런 모습과 우리는 언젠가는 정면으로 마주치게 됩니다. 아름답지도, 능력이 뛰어나지도, 덕이 넘치지도 않는 더 나아가 추하다는 것이 더 맞는 그런 자신과 와장창 부딪치는 운명의 날이 있을 것임을 넌지시 말해주고 있습니다.

그런데 이 그림에서 또 한 가지 재미있는 것은 물속 추한 모습과 물 위 빛나는 모습이 서로 이어져 하나의 원을 만들고 있다는 것입니다. 이 밖과 안의 다른 모습은 모순이요, 부수어야 할 것이 아니라, 함께 가는 인간의 현실인지도 모릅니다. 이 짐을 기꺼이 받아안을 때 자기도취의 환상은 무너지고 자신의 참된 모습을 발견하게 됩니다. 아름다운 한

쪽 면에만 집착적으로 매달릴 때, 타인이 들어설 여지란 조금도 없습니다. 물속 추한 모습에 실망해 자신에게 눈을 돌리지 않고 그대로 받아안을 때 그 물속 더 깊이 듣지도 보지도 못한 참 아름다운 모습이 나타납니다. 자기도취에 오염되지 않은 참된 나가 나타납니다.

격정으로 타오르는 불꽃만 보셨나요.
오직 고요함 안에서만
타오르는 불길도 있답니다.
모세의 불타는 가시덤불
불가마 속 세 청년
고요함의 기름으로 타오르는 불길 속
자신마저 불꽃이 되어버렸습니다.
몸이 고요해질 때
몸이 불쏘시개 되어
이 불길 받아냅니다.
몽땅 태워 소진함도 없이
타오를수록 더욱 고요해지는 불꽃
이 불꽃
항상
우리 안에
피어오를 날 기다리고 있습니다.

마음 깊은 곳으로부터

렘브란트는 40년의 화가생활 동안 70여 점의 자화상을 남겼는데, 위작이 많아 정확하게 몇 점인지조차 알 수 없다고 합니다. 어떤 의도나 동기로 이렇게나 많은 자화상을 그렸을까요? 거울 앞에서의 자기도취였을까요? 그렇게 볼 수 있는 작품도 더러 있고, 인간 누구나 예외 없이 이런 면을 지니고 있긴 합니다만, 한쪽 다리가 없는 거지의 모습으로 자신을 표현한 사람의 의도가 이것만은 아닐 것이라 짐작합니다. 비꼬는 표정, 익살맞은 표정, 왕, 부유한 상인, 사도바오로의 모습, 숨넘어갈 듯 웃는 모습 등 발상도 기발합니다.

분명한 것은 자신의 연령대에 따른 이 자화상들에서 그의 성격이나 인품 심지어는 가치관의 변화까지도 읽어낼 수 있다는 점입니다. 즉 너무도 진지하게 자신의 모습과 대면하고 싶어 하는 한 인간의 모습을 일생에 걸쳐 그려냈습니다. 자신과 대면, 말은 쉽습니다. 그러나 오늘 하루 타인과 주고받은 말 속에도 자신의 모습을 과장하지 않고, 정말이지 있는 모습 그대로 뱉은 말이 몇 퍼센트나 될지 한 번 생각해본다면 이 화가의 진지한 노력의 진가를 조금이라도 맛볼 수 있을 것입니다. 참된

렘브란트 반 레인(Rembrandt Harmenszoon van Rijn), 〈젊은 시절의 자화상〉(1628), 암스테르담 국립미술관

자기에 목마른 사람, 이런 사람은 당연히 영원을 목말라 하는 사람임이 틀림없습니다. 무슨 수를 써서라도 높이 올라가 자신을 드높이려 했던 세태야 몇백 년 전인들 다를 리 없었을 터이니, 그 홍수 속에 휩쓸리지 않고 참된 자신을 찾는 그 귀한 작업을 한 번 뒤따라가보는 것도 의미가 있겠습니다.

말년 파산선고를 받고 둘째 아내와 아들마저 먼저 저세상으로 보내는 비참의 바닥에서도 그는 이 작업을 멈추지 않았을뿐더러, 오히려 이 시기에 가장 많은 자화상을 남겼습니다. 이 시기의 자화상은 화려한 모습도, 혈기라곤 조금도 남아 있지 않은 늙고 추레한 노인, 어떤 것은 붓 터치 자체가 마치 삭아내릴 듯한 것마저 있습니다. 그러나 이것뿐이라면 그저 솜씨 좋게 잘 그린 것에 지나지 않을 것입니다. 그런데 그의 자화상에는 특히 노년의 자화상에는 어떤 무엇인가가 있습니다. 그가 그린 자화상의 발자취를 따라 인간 내면의 여정을 한 번 밟아볼까 합니다.

이번에는 가장 젊은 시절의 것을 통해 이 특별한 사람 안으로 들어가는 첫걸음을 내디뎌보겠습니다. 헝클어진 머리가 두 눈에 그림자를 드리우는데도 청년 렘브란트의 눈빛이 선명히 다가옵니다. 자신을 바라보는지 세상을 바라보는지 알 수 없지만, "도대체 뭐냐 넌?"이란 질문이 절로 느껴집니다. 어쩌면 자신과 세상을 동시에 바라보는지도 모르겠습니다. 헝클어진 머리로도 덮이지 않는 내면의 물음이 생겨나게 하는 마음의 미로가 자세히 그리지도 않은 눈에서 더 잘 보이니, 절로 화가의 내공이 느껴집니다.

아직 세상 안으로 완전히 들어가지 않은 애송이 청년, 자기 자신도 세상도 물음표인 그이지만 도도함은 잃지 않습니다. 지나치게 겸손한 청년은 어쩌면 좀 위험한지도 모릅니다. 열정이 없어 어떤 성취에도 관심이 없거나, 애정 결핍의 결과로 모든 것을 자기 안에 억누르고 있어 언제 터질지 모르는 시한폭탄을 품었는지도 모릅니다. '과도한 열정'은 분명 젊은이들의 특권이기도 합니다. 시행착오와 실수는 성취의 한 과정이며, 이를 통해 자신이 행한 일보다 더 큰 내면의 성장이 이루어집니다.

곧 유명한 초상화 화가로 이름을 떨치게 될 사람, 당시 세력을 떨치던 부유한 상인 계급과 상류사회로 진출하게 될 재능과 야망, 열정이 담긴 도도함이 숨길 수 없이 눈빛에서 흘러나오고 있습니다. 하지만 그는 자신도 세상도 믿을 수 없다는 듯 의심에 찬 눈초리를 던집니다. 이런 사람 중 많은 이가 성공 지향적입니다. 믿을 수 있는 것은 성취로 무엇인가를 쌓는 것이며, 이 쌓음이 곧 참된 성장, 참된 사람이 된다는 공식이 나옵니다. 오직 위를 향해 열정과 재능을 쏟아붓고 키워갑니다.

그런데 그의 입이 묘하게 열려 있습니다. 꽉 다물지 않고 열린 입이 이런 자신의 자세에 대해 스스로 의문을 품는 듯한 느낌을 줍니다. 마음속에 이는 의문에 자신을 열어놓은 사람, 마음 깊은 곳에서 울림에 민감한 귀를 지닌 사람의 모습이 드러납니다. 입을 꽉 다물고 오직 출세 지향적으로 돌진하며, 사람이건 무엇이건 희생하더라도 자기만 높이 솟

구치려는 그런 사람과는 거리가 멉니다. 그러면서도 모순되는 두 움직임을 동시에 지닌 젊음의 특징을 참 잘 잡아내고 있습니다.

금방이라도 고개를 두리번거리며 주위를 살필 듯한 눈은 세상에서 일어나는 모든 일에 관심을 두고 살펴봅니다. 그의 마음은 성취로만 기울기에는 너무 개방되어 있습니다. 세상에 일어나는 모든 것, 꽃이 피고 새가 울고, 아기가 첫울음을 터트리는 그 작은 기적들에 감동하는 여린 청년이 도도함의 껍질 속에 숨 쉬고 있습니다.

렘브란트 반 레인(Rembrandt Harmenszoon van Rijn), 〈깃털 베레모를 쓴 자화상〉(1629), 보스톤 이사벨라 스튜어트 가드너 뮤지엄

절정 너머에서 시작되는 삶

앞의 자화상과 비슷한 청년 시기의 다른 자화상입니다만, 사뭇 다릅니다. 가장 먼저 눈에 들어오는 것은 눈빛인데, 도발적인 눈빛이 많이 유연해졌습니다. 물음과 도전이 가득했던 야생의 모습은 거의 사라지고 세련되고 부드러우며 안정된 눈빛입니다. 심지어 귀족의 모습처럼 보이기도 합니다. 아마도 손질을 많이 한 듯 부스스했던 머리카락도 단정해졌습니다.

이 청년 시기 렘브란트는 잘나가는 초상화 화가였습니다. 당시 새롭게 대두된 잘사는 상인계급들이 그에게 그림을 많이 의뢰했습니다. 그래서인지 시장의 딸이었던 사스키아라는 여인과 결혼도 합니다. 이 여인은 귀족이었고, 아버지의 유산을 물려받아 부유했으므로 렘브란트는 이른바 상류층에 진입합니다. 물레방앗간집 아들이었던 시골 출신 화가가 상당한 출세를 한 셈이지요. 이 시기 이미 그가 결혼했는지 안 했는지는 알 수 없지만, 하여간 순풍에 돛을 단 것처럼 전도유망하고 창창한 인생이 펼쳐지는 시기였던 것은 분명해 보입니다. 누구나 부러워할 만한 여건, 빼어난 능력, 참한 사람됨, 젊은 나이에 얻은 사회적 명성, 아름답고 부유한 귀족 출신의 아내 등 어느 것 하나 모자람이 없습니다.

이 시기 아내를 무릎에 앉히고 포도주를 마시는 그림이 있는데, 짐작건대 그와 아내는 서로 무척 아꼈던 것 같습니다. 그 모든 다복함 위에 애틋한 부부 사랑까지 젊은 렘브란트는 생의 절정을 만끽합니다. 자화상 속 옷차림은 앞의 자화상에서 보이는 촌뜨기티를 완전히 벗어나 있고, 모자 위에 멋진 곡선으로 흐르는 풍부한 깃털은 부를 상징합니다. 저렇게 멋지게 날아보고 싶은 욕망이 없는 사람이 어디 있겠습니까? 인생 한번 멋지게 날아올라 드높은 곳에서 모든 것을 소유하고 싶지 않은 사람이 어디 있겠습니까?

그런데 정작 중요한 문제는 그렇게 되었을 때 인간에게 과연 무엇이 남을 것이며, 진정으로 행복한가 하는 점입니다. 렘브란트의 이 자화상에는 안정감이 흘러넘칩니다만, 한편으로는 모든 것을 새롭게 볼 수 있는 야생의 열정과 물음이 엷어져 있습니다. 안정감이 무기력과 나태, 창조성과 의욕 상실로 이어지는 것은 정말이지 한순간입니다. 높이 오를수록 그 높이를 유지하거나 더 나아가기 위해 타인을 누르고 빼앗아야 하는 경쟁의 틀만이 강해집니다. 왜냐하면 피라미드 삼각탑 위로 오를수록 폭이 좁아져 그곳에 서 있으려면 누군가를 밀어내야 하기 때문입니다. 이 경쟁 구도와 타협하지 않고, 최고에 머물 수 없는 것이 세상의 논리겠지요.

예수님은 이 논리에 대해 "자신의 목숨을 잃는 사람은 얻을 것이요,

그것을 얻고자 하는 이는 잃을 것"이라 하십니다. 렘브란트의 삶은 이 최고점에서 점점 내려와 생의 마지막에는 성서 한 권과 그림 도구 외에는 아무것도 남지 않는 빈털터리 홀몸이 됩니다. 그가 몰락하면 할수록 그의 그림은 더 깊고 깊어집니다. 물론 몰락을 경험한다고 모두 이렇게 깊어지지는 않습니다. 오히려 더 추하고 탐욕스럽거나 세상에 대한 원망만 남는 경우가 훨씬 더 많습니다. 그는 삶이 미소보다는 쓴맛만을 줄수록 삶의 의미와 진정한 인간의 모습을 깨닫고, 자신을 살피는 하느님에게로 향합니다.

그림 속의 이 사람 안에는 이미 그 씨앗이 자라고 있습니다. 정면을 똑바로 보는 그의 올곧은 시선은 그가 오직 '전진! 전진!'만을 외치는 성공지상주의와는 왠지 거리가 먼 사람일 것 같은 느낌을 줍니다. 그의 또 다른 자화상에서 이 모습과는 전혀 다른 그를 만날 수 있으니 벌써 기대 만발입니다. 인간 속에 숨은 다양한 차원이 얽혀 괴물을 만들지 않고, 한층 한층 그대로 드러나는 단순한 사람을 만나기 때문입니다.

렘브란트 반 레인(Rembrandt Harmenszoon van Rijn), 〈노년의 자화상〉(1658), 캔버스에 유채, 뉴욕 프릭 컬렉션

변두리에서 깊어지는 삶

참 묘한 표정의 왕입니다. 일단 렘브란트 자신이 왕의 모습을 한 자신을 그렸다니, 왕은 왕이지요. 말을 타고 알프스를 넘는 나폴레옹의 그림과 비교해보면 아주 재미있습니다. 산꼭대기를 단숨에 넘을 듯한 기세는 그림 앞에 선 사람에게 위압감을 줍니다. 소심한 사람이라면 그림 앞에서 기가 질릴 것 같습니다. 말의 자세로 보면 사람이 뒤집혀야 마땅한데, 그 위에 올라탄 나폴레옹은 아무렇지도 않은 듯 자신만만하기만 합니다. 기세만으로 보자면 러시아만이 아니라 온 세상 더 나아가 온 우주라도 지배할 듯하지요. 두 발을 치켜든 흰말은 두려움도 한계도 모르는 최고요 최상인 왕의 모습을 보여주고도 남습니다.

그러한 나폴레옹이 당시 유럽의 상당 부분을 지배하긴 했습니다만, 자신의 백성에게 사람을 진정으로 살리며 높은 이와 낮은 이를 차별하지 않고 공평하게 재화를 분배하고자 했던 백성의 왕이었을까요? 여기에 대해서는 새삼 왈가왈부할 것도 없어 보입니다. 물론 아니었으니까요.

간단히 표정만 대조해보는 것만으로도 렘브란트가 자신의 모습으로 그린 왕은 이 나폴레옹과 같은 모습은 결코 아닌 것이 분명합니다.

그러면 그가 그리고자 했던 왕은 어떤 모습이었을까요? 그의 그림을 따라가며 그의 마음속으로 여행을 떠나봅시다.

우선 왕의 옷차림부터 살펴봅시다. 분명 소박한 농부의 모습은 아닙니다만, 그렇다고 우리가 보통 그림에서 보는 보석으로 치장한 화려한 차림새도 아닙니다. 만약 그림 속 인물에 대해서 아무런 이야기도 해주지 않는다면, 이것이 왕의 모습이라고 짐작할 수 있는 사람은 드물 듯합니다. 수수한 색깔, 보석 하나 없는 왕홀, 왕관이 아닌 모자, 그는 어떤 생각을 품고 이 모든 것을 그렸을까요? 왕홀, 왕좌, 왕관 등 왕으로서 갖추어야 할 것은 다 있습니다. 그런데 왕의 가장 큰 상징인 왕관은 검은 그늘 속에 묻혀 보이지도 않게 묘사합니다. 왕은 왕이되 우리가 아는 그런 왕의 모습은 아닙니다.

바라보는 눈에는 인간을 이해하는 깊이가 담겨 있을 뿐만 아니라 깊은 고뇌가 읽힙니다. 모든 것을 자기 뜻대로 휘두르는 왕에게서는 나올 수 없는 표정이지요. 가난한 이가 억울한 일을 호소한다면, 자신의 정치적 입지에서 계산기를 두드려 억울함 따위는 가벼이 쓰레기통에 버리는 그런 왕의 냉혹함은 읽히지 않습니다. 그의 부드러운 옷 색깔과 천의 흐름처럼 그의 눈빛도 자연의 순리를 따라 흐를 것 같습니다. 그런데 입은 단호하게 다물고 있어, 불의와 거짓에는 결코 타협하지 않고 올바른 세상, 올바른 사회, 올바른 인간을 키워가는 연약하지 않은 왕일 듯합니다.

이렇게 해석해보지만, 그는 왜 자신을 이런 왕의 모습으로 그렸을까요? 이 그림을 그릴 나이에 그는 부유한 아내를 잃고, 하녀와 동거를 했습니다. 아내가 자신의 유산을 상속하는 조건으로 재혼을 금지했기 때문입니다. 성윤리가 엄격한 칼뱅파가 지배하던 나라에서 자신의 딸까지 낳고 사실혼 관계였던 헨드리키에가 공적으로 간통 선고를 받았습니다. 또 시대를 뛰어넘는 그의 그림은 점점 당시 사람들에게 외면당해 그는 경제적으로, 사회적으로도 점차 세상 변두리로 밀려나던 때였습니다.

신흥귀족 계급이 생겨나며 도시 주변에는 세상에 자신의 자리를 찾지 못하는 가난하고 짓눌린 사람들이 떠돌고 있었습니다. 변두리의 삶에서 그는 점점 그들과 자신을 동일시하게 되며 인간 존재의 깊은 내면에 자리한 가난한 이 중의 가난한 이이신 하느님, 인간의 고통을 인간 자신보다 더 잘 알고 계시는 하느님을 만나고 그것을 그림으로 표현해냈습니다. 그의 그림 안에는 인간을 향한 하느님의 이루 표현할 길 없는 사랑이 시대를 초월하는 방식으로 표현되어 있습니다. 그래서 수백 년이 지난 지금도 그의 그림은 깊은 감동을 줍니다.

하느님의 사랑을 렘브란트만큼 그림으로 잘 표현해낸 이는 아직 없는 것 같습니다. 아마도 그의 마음은 이 사랑으로 물들었든 듯합니다. 그리고 현실 안에서 참으로 하느님의 사랑으로 물든 왕이 있다면 어떤 모습일까, 저 구렁텅이 속에 헤매는 백성을 어떤 마음으로 다스릴까, 이런 생각을 자화상으로 표현하지는 않았을까요.

렘브란트 반 레인(Rembrandt Harmenszoon van Rijn), 〈놀란 눈의 자화상〉(1630), 에칭 프린트, 게르마니
체스 국립박물관

어둠의 터널 끝에서 만나는 빛

렘브란트 안에는 위엄과 자비가 절묘하게 하나가 된 왕의 모습이 있는가 하면 불만 가득한 꼴통, 동네 왈패 같은 모습도 있습니다. 도저히 공존할 수 없을 것 같은 두 가지 모습이 팽팽한 긴장감으로 혼재된 그 지점에서 렘브란트의 천재성이 나오는 것은 아닐까요? 왕의 모습에서 자아도취로 빠지거나 꼴통 기질이 파괴적으로 내몰리지 않고 이 두 모습은 함께 다른 기질을 보완하고 다듬고, 결국에는 그 자신의 참모습을 발견하고 찾아가게 해주는 역할을 해주는 듯합니다.

그리고 그는 놀랍게도 이처럼 자신의 상반된 모습을 놀라울 정도로 태연자약하게 그러나 예리한 눈으로 바라보고 있습니다. 바로 이 때문에 그는 70여 점이나 되는 자화상을 그릴 수 있었다고 생각합니다. 자화상 전문화가가 아니고서야 70여 점이나 되는 자화상을 그린다는 것은 불가능할 것입니다. 자신을 이렇게 철두철미하게 들여다보는 사람, 일그러진 입과 불만 가득한 눈, 세상과 자신 양쪽 모두를 향해 못마땅하고 뒤틀린 심정을 쏟아내는 자신을 정확하게 보고 있습니다.

아마도 그는 그렇게 볼 수밖에 없는 합당한 이유도 알고 있을 것입니다. 세상의 모순, 가난한 이는 점점 더 가난해지고, 가진 이는 횡포를 부려서라도 자신의 부를 더 불려가는 세상의 구조적 잔인함 앞에 불만 가득한 울분을 느꼈을 것입니다. 그러나 이 이상으로 그는 자신의 철두철미한 이기적 모습에 수없이 치를 떨었을 것입니다. 인간의 뿌리 깊은 이기성은 초인적인 수도자적 수행이나 자화상을 70여 점이나 그리는 노력에도 사그라질 수 없는 인간성의 한 부분이기 때문입니다.

그리스도교 신비가들은 인간의 이 불만족에서 오히려 신비, 인간의 이기성을 넘어 사랑의 체험에 도달하는 길을 발견하곤 했습니다. 세상 모든 것, 때로는 좋은 것에조차 시기와 질투를 느끼는 인간의 불타오르는 부정적 감정의 바다에는 참된 것을 얻을 때까지 결코 안정을 찾을 수 없는, 영원을 향한 누를 길 없는 갈망이 숨어 있습니다. 그래서 신비가들은 인간이면 누구나 경험하는 불만족이라는 고통스러운 감정의 문을 열고 빛의 세계로 향하는 길을 발견했습니다.

이렇게 하느님, 영원을 향하는 여정에는 인간의 부정적 감정조차 분명 일정한 역할을 수행합니다. 나쁜 것을 나쁜 것으로만, 그리하여 좋은 것만 찾는 이는 세상에서 성공할 수는 있을지언정, 결코 신비가가 될 수는 없습니다. 자신 안에 그리고 세상 안에 있는 두 요소가 그리스 신화 속 켄타우루스(머리는 사람 몸은 말의 형체의 괴물)처럼 동물도 사람도 아닌 정체성 없는 괴물로 진락하지 않고, 한 인간 존재 안에 다른 모습으로 멋지게 통합된 한 사람으로 변모되어갈 때 불만족이라는 인간적 요소는 소중한 자리를 차지하는 듯합니다.

켄타우루스

사람도 짐승도 아닌 슬픈 존재여.

아무것에도 속하지 않는 괴물임을

스스로 알기에 참으로 슬픈 생이여.

이 시대는 수많은 괴물을 품고

켄타우루스, 미노타우로스, 사티로스, 인어,

제각기 자신이 괴물임을 자랑하는

괴물의 시대여.

괴물로 남아 구석진 곳에서 눈물지을지언정

한 종족, 보통 인간으로 남기를

더 혐오하는 괴물의 시대

그 슬픔 뒤에 조용히 하나의 문 열리네.

렘브란트 반 레인(Rembrandt Harmenszoon van Rijn), 〈웃고 있는 자화상〉(1665), 캔버스에 유채, 쾰른 발
라프 리하르츠 미술관

나락에서의 웃음

　세상과 자신을 향해 삐딱한 시선을 던졌던 렘브란트는 어디까지 갔을까요? 세상이든 자신이든 떡 주무르듯 마음대로 할 수 없거니와, 무엇이든 끝까지 밀고 나가는 렘브란트의 성향으로 볼 때 이 삐딱한 시선 또한 그리 쉽게 접었을 것 같지는 않습니다. 속을 부글부글 끓게 만드는 세상의 온갖 악들, 그 앞에 너무도 무력한 자신과 가난한 사람들, 아마도 그는 어느 시기 알코올중독에 빠졌던 듯합니다. 물론 자신 안에 보이는 어떤 경향을 그림으로만 표현했다고도 볼 수 있지만, 꼭 그렇게 주장할 만한 근거가 없으므로 잠시 한때라도 알코올중독에 빠졌을 수도 있다고 보여집니다.

　이 그림에는 다른 두 가지 해석이 있습니다. 고대 그리스의 제욱시스라는 사람은 당대의 전설이라 할 만큼 뛰어난 화가였습니다. 그의 말년에 어떤 노파가 자신의 초상화를 의뢰했는데, 자신을 아름답게 그려달라고 부탁했다고 합니다. 그런데 이 노파는 심하게 추한 모습이었던지 제욱시스는 그림을 다 그려놓고 너무 우스워서 막 웃다가 그만 죽음을 맞았다는 이야기가 전해집니다. 이 그림은 렘브란트가 제욱시스를 염두에 두고 그렸다고도 하고, 또 어떤 이는 알코올중독자였던 렘브란트 자신이라고도 합니다. 어떤 이의 말이 맞는지는 하늘나라에서 직접 만나 물어봐야 하겠지만, 우리에게는 오히려 좀 더 자유롭게 상상의 날개를 펼칠 수 있는 공간이 열리는 것 같습니다. 제욱시스를 그렸다 한들 그 속에 자신을 투사하지 말란 법도 없겠죠.

자신의 모습을 보고 죽을 듯이 웃는 렘브란트, 감당할 수 없는 현실 앞에 술에 의존하는 렘브란트, 존재의 가장 깊은 수렁에서 렘브란트는 이 모두를 경험했을 듯합니다. 깊은 나락, 깊이를 알 수 없는 어둠, 그 끝자락에 서서 하느님조차, 하느님께 대한 믿음조차 사라진 어둠 한복판에 선 인간의 그 소름 끼치는 고독이 모래처럼 서걱거리는 화면에서 느껴져 옵니다.

이 깊은 나락에서 렘브란트는 죽을 듯이 웃는 자신을 그립니다. 그 모습은 누구나 알코올중독자라고 여길 법한 처참히 무너진 모습입니다. 수렁 속에 있는 자신을 보고 웃을 수 있는 사람, 수렁에 빠져 자신을 위해 어떤 것도 할 수 있는 힘이 남지 않아 술에 의존하는 사람. 이 양극단에서 그는 찢어져 그 지독한 체험을 그림으로 남깁니다. 불교에서 선사들이 도를 깨칠 때 터트리는 웃음과 이 그림의 웃음 사이에는 어떤 비슷한 점이 있는 듯합니다.

스스로 죽음의 길을 걷는 이에게 죽음의 길은 결코 죽음으로 끝나지 않는 법입니다. 죽음의 길을 걸어 빛의 공간에 다다른 사람. 섣부른 해답, 현실의 만족을 찾는 데 안주해버리지 않고 참사랑을 만나기까지 차라리 방황

한 사람. 그리하여 자신의 이 양극단을 보고 웃음을 터트릴 줄 아는 사람.
시원하게 죽음에서 해방된 사람 여기 추가요!

서늘한 냉기

한여름
등골 오싹한 추위
인간으로 살아감의 그 한복판
생명의 입김이
덥혀주고 풀어주지 않는다면
그 서늘한 냉기
생명줄 걷어내고도 남으리.

존재의 중심
그곳을 스치는 작은 에너지도
이미
님의 사랑임을
깨닫지 못한다면
그 서늘한 냉기
생명의 온기 꽁꽁 얼리고도 남으리.

렘브란트 반 레인(Rembrandt Harmenszoon van Rijn), 〈사도 바울풍의 자화상〉(1661), 캔버스에 유채, 암
스테르담 국립미술관

조소 혹은 미소?

얼마나 아름다운 미소인지요! 모나리자의 미소조차 이 미소 앞에서는 빛을 잃습니다. 모나리자의 미소를 과학자들이 분석한 결과, 기쁨과 만족의 감정 83%, 두려움이나 슬픔 같은 부정적 감정 17%가 섞여 있어 그리 신비스럽고 묘한 느낌을 준다고 합니다. 사실 과학까지 들먹일 필요도 없는 분석이라는 건방진 생각도 들었습니다. 삶의 진창, 밑창, 바닥 다 겪고도 원망, 회한으로 삶을 뭉개지 않고 살아가는 이들을 만나면 이런 미소를 발견하게 되니까요.

이 그림은 렘브란트의 마지막 자화상이라고 보더라도 무리는 없을 듯합니다만, 렘브란트는 야심만만한 청년, 왕, 부유한 상인, 거지, 불평분자 등 온갖 모습으로 자신을 드러냈지요. 자신 안의 또 다른 자신을 대면하는 그 여정의 마지막에 그는 자신을 바오로 사도에 비유해 그려냅니다. 생의 말년 그에게는 실제로 남은 것이라곤 아무것도 없었습니다. 그리도 헌신적이었던 둘째 아내 헨드리키에, 첫째 아들 티투스, 딸마저도 먼저 세상을 떠났으며 파산에 파산을 거듭하고, 시대의 흐름을 점점 더 비껴가는 그의 그림은 점점 더 사람들에게서 잊히고 말았습니다.

당시 공증인은 그가 세상을 떠났을 때, 화구 하나, 옷 한 벌, 손수건 여덟 장, 동전 열 개 그리고 성경 한 권이 그가 남긴 물건의 전부라고 기록했습니다. 그의 인생 자체가 파란만장한 비극 드라마의 소재가 될 수 있을 정도로 세상의 명성과 추악함 양쪽을 골고루 맛보았습니다. 이제 그는 그림 소재로 삼았던 남루하고 냄새나는 사람들, 변두리에서 가난을 운명처럼 끌어안고 사는 이들에게 둘러싸이게 되었습니다. 이 바닥의 어둠으로부터 그의 그림에 형언할 길 없는 빛이 비춰옵니다. 어둠은 그를 삼키기는커녕 빛이 터져 나오는 자리가 되었습니다.

이 어둠 속에 고요히 앉아 있는 한 인물이 보이지 않습니까? 그 자신 빛이 된 사람. 그의 미소에는 인생의 온갖 것, 온갖 부류의 사람들, 인간의 욕망과 추함, 선함과 아름다움, 진리와 거짓 이 모두를 담고 고요히 일렁이는 바다가 보입니다. 그래서 이 미소를 접한 사람들의 반응도 매우 다양합니다. 어떤 이들은 비웃는 웃음이라고도 했다지요. 또 다른 이는 이 미소에서 슬픔을 봅니다. 아마도 렘브란트의 이 미소는 세기를 두고 이해하기 어려운 미소로 남을 것 같습니다. 모나리자의 미소가 아무리 묘해도 누구도 그 미소 속에서 비웃는 모습을 보는 사람은 없습니다. 모나리자의 아름다움에서는 인간적 아름다움을 넘어서는 종교적 수양이 느껴지지 않는 바는 아니지만, 인생의 모든 것을 아우르는 바닥에서 터져 나오는 빛을 발견하기는 어려울 듯합니다.
렘브란트는 어둠을 밀어내려 하지 않습니다. 그의 대부분 그림에서 배경이 되는 어둠, 그것은 사실 이 세계의 배경이요, 자기 내면의 배경이라는 데 이의를 제기할 사람은 많지 않을 것입니다. 그는 이제 어둠과 싸워 이기려고 하지 않습니다. 어둠을 보았고, 어둠 속에서 터져 나오는 빛을 보았으며, 그 빛의 감싸임을 받았습니다. 그 빛이 자신의 가장 깊은 곳에서 바깥까지 평화의 고요로 채워짐을 감지합니다.

세상은 여전히 어둡지만 결코 빛을 삼키지 못함을 자신의 몸으로 체험합니다. 아니 오히려 어둠이 짙으면 짙을수록 빛은 더욱더 환해짐을 봅니다. 어둠 속에 절망하는 이는 이 빛을 보지 못했기 때문이지요. 어둠도 세상의 배척과 무시에서 오는 고독도 악의 추함이나 사악함도 이 빛 앞에서는 그저 하나의 이파리에 지나지 않음을 보기에 이런 미소가 배어 나오지 않을까요? 악의 추악함도 결코 건드릴 수 없는 인간 내면의 고요와 아름다움이 이미 터져 나오고 있음을 렘브란트의 눈이 고요히 꿰뚫어 보는 것은 아닐까요?

3

불꽃이어라

여형구, 〈존재〉(2012), 옷핀을 이용한 작품

옷핀 한 개에 이렇게 많은 이야기를 담을 수 있는 것이 그림의 묘미입니다. 이것을 통찰한 화가(여형구 레지나)의 마음 또한 감탄스럽지요. 작은 옷핀, 무엇인가를 임시로 꿰매고 이어붙이는 데는 이만한 도구도 없습니다. 예전에는 스승의 날, 어머니의 날에 빨간 카네이션 달아드리는 데도 중요한 역할을 했더랬지요. 외출했는데 옷 솔기가 뜯어져 흉하게 되었을 때, 이 작은 옷핀 한 개의 고마움은 겪어본 사람만 알지요. 심지어 스테이플러로 난감한 상황을 봉합하는 경우도 보았네요.

그런데 이 작은 도구 하나도 제 그림자를 지니고 있어, 제 몸통보다 더 긴 그림자를 드리우는 모습입니다. 이 유용한 도구가 무엇인가에 쓰이려고 열렸을 때, 남을 찌르는 무기가 될 수도 있습니다. 혹은 이어붙이다 실수로 손가락을 찌를 수도 있습니다. 심지어 악의로 찌를 수도 있고, 급소를 찌르면 살인 무기까지도 될 수 있습니다. 물론 이 경우 결코 악의는 아니겠지요.

이런 부정적인 면이 있다 해서 이 뾰족함을 없애면 옷핀은 존재할 이유가 사라집니다. 옷핀이 유용해질 수 있고 옷핀 자체로 남으려면, 이 뾰

족함은 필요불가결합니다. 그러니까 몸통과 그림자는 분리할 수 없는 것입니다. 그림자를 없애면 몸통도 따라 없어질 수밖에 없습니다. 어두운 그림자가 싫어 밝고 건전하고 명랑하고 영예롭고 유익한 것만을 선호하다 보면, 우리의 실체 자체가 의심의 바닥으로 추락할 수 있습니다.

힘겹고 어두운 가족사, 자랑스럽지 못한 외모, 능력, 성격, 자신을 바닥까지 가게 한 사건 등 누구나 그림자 없는 사람은 없지만, 그림자가 지닌 부정적인 면에 대처하는 데는 세 가지 자세가 있는 것 같습니다. 첫째는 무조건 피하고 외면하는 것입니다. 둘째는 열정적으로 그 부정적인 것을 극복하려고 노력하는 것입니다. 셋째는 노력은 하되 그림자와 함께 인생을 살아가는 것입니다.

말할 것도 없이 첫 번째 자세는 그 사람에게서 긍정적 열정을 빼앗아 의기소침하거나 정반대로 폭력적으로 되게 할 수 있습니다. 두 번째 자세는 상당히 적극적이어서 인생에서 성공할 확률이 높습니다. 그렇기는 하지만 모든 노력이 다 성공으로 이어진다는 보장이 없고, 실패로 끝나버릴 때 첫 번째 경우보다 더 심하게 좌절에 빠질 수도 있습니다. 다행히 성공할지라도 성공지상주의로 세뇌되어 살아갈 수도 있습니다. 모든 어두운 부분을 없애려는 노력 자체가 긴장감을 초래하므로 자신과 타인에게 부정적 시선을 던지거나, 자신의 그림자를 타인의 약한 부분에 투사해 늘 남을 탓하고 운명을 탓하며 자신이 그토록 없애고자 했던 그림자에 눌려 살아가게 될 수도 있습니다. 성공하더라도 그 성공의 그림자가 생길 수 있으니, 그림자를 극복하려다 다시 그림자를 만들기도 하지요.

그리고 세 번째 자세로 살아가는 사람도 있습니다. 일단 전투사처럼 싸우지 않습니다. 그림자란 있을 수밖에 없으므로 굳이 없애려고 하지 않기 때문입니다. 그림자로부터 도망가고자 필사적으로 달리는 어리석은 일을 하지 않으니 그림자와 더불어 천천히 걸어갑니다. 그림자가 옆 사람에게 드리워 피해를 줄지라도, 삶이란 어차피 좋은 것도 나쁜 것도 서로 나누어야 함을 알기에 미안한 마음 너머 평화가 있습니다. 또 다른 사람의 그림자가 내 위에 드리울 때면 자신 또한 그러함을 알기에 불편함을 받아 안을 수 있습니다.

그래도 해가 중천에 떠오르면 그림자가 짧아지듯, 은총의 햇살 아래 서게 되면 자신의 그림자가 짧아지는 것이요. 자신은 그저 햇살 아래 서는 노력만 하면 됩니다. 그렇게 그림자란 때로 길어지고 때로 짧아지는 것일 뿐, 우리와 떼어놓을 수는 없는 것이지요. 옷핀처럼 그림자가 길어 슬플 때는 가끔 눈물도 흘릴 수 있는 삶, 함께 웃고 울 수 있는 삶은 그림자가 있어야 가능할지도 모릅니다.

빈센트 반 고흐(Vincent Willem van Gogh), 〈해바라기(Fifteen Sunflowers in a Vase)〉(1888), 캔버스에 유채, 런던 내셔널 갤러리

절망을 숨기지 말자

고흐는 이 해바라기 그림을 정신병으로 요양하던 시절에 그렸습니다. 어떤 시인의 시집을 읽은 적이 있습니다. 30대 초반 깊은 절망과 자신의 현실을 놀라운 솔직함과 따뜻한 시어로 표현했습니다. 그 절망은 인간 존재의 바탕에서 나오는 실존적 물음과 깊이 연결되어 있되 현실의 모습을 정직하게 바라봄으로써 극복하려는 종교성을 띠고 있습니다. 이런 절망에는 그 자체에 이미 희망이 내포되어 있습니다. "정직한 절망"이라는 부제를 달아주고 싶을 정도였지요. 그런데 마지막 그 시집의 평론이 그 절망을 상당히 부정적으로 분석하는 것을 보며 의아했는데, 시집 뒤편 서평에는 저와 같은 관점을 지닌 또 다른 시인의 평이 실려 있는 것을 본 적이 있습니다. 같은 시를 보았는데 반응은 이렇게 다릅니다. 아마 이 그림도 그럴 것입니다. 하긴 어디에선가 해바라기가 마치 살아 있는 동물 같아 징그럽다는 글을 본 적이 있습니다. 물론 저의 느낌은 이와는 정말 다르지요.

한마디로 생동감이 화면 밖으로까지 퍼져나가는 그림입니다. 해바라기가 살아서 말을 걸어올 것 같은 느낌마저 듭니다. 각각의 꽃송이만 보더라도 그 잎들은 마치 살아 있는 것 같습니다. 사방을 향해 뻗으며 화면을 꽉 채운 꽃송이들은 생기와 에너지를 내뿜고 있습니다. 누구라도 그 열기에 녹아들지 않을 수 없게 합니다. 아마도 고흐가 이른바 잘나가는 인생을 살았더라면, 이런 그림을 그릴 수 없었을지도 모르겠습니다. 그는 어둠 속에 깃든 생명을 보았던 모양입니다. 해바라기의 노란색과 코발트 빛은 그의 대명사 같습니다만, 모두 어둠을 뚫고 나온 색들입니다. 그리하여 세월이 지나 자신의 그림을 통해서도 사람들에게 생기를 전달해주고 있습니다. 자신의 인생 중 가장 불행한 상황에서 그는 이런 그림을 그렸습니다. 희망이란 잘나가는 인생살이에서 나오는 것이 아니라는 사실을 이 그림을 보며 마음이 사무치도록 느끼게 됩니다.

그는 사실 성서를 꿰뚫는 사람이었습니다. 자신의 귀를 자른 정신병자라는 사실만으로 그를 평가한다면, 그를 잘 모르는 것이나 마찬가지입니다. 고흐만큼 삶을 사랑하고, 참된 것을 추구하며, 사람과 친교를 갈망한 사람도 드뭅니다. 그의 그림들은 가난한 사람들의 투박한 모습과 생명력을 묘사하는 것이 많고 자연을 그리더라도 이 해바라기처럼 단순한 외적 아름다움이 아닌 그 존재가 품고 있는 진짜 생명을 찾아내고 묘사할 줄 알았습니다.

그의 그림들은 고통에서 길러지는 희망과 생기의 전도사와도 같습니다. 처절한 절망 속에서도 결코 찌부러지지 않는 진짜 생명이 있음을, 그것이야말로 참생명의 씨앗임을 그는 해바라기를 통해 그 캄캄함 속에서 외치고 싶었는지도 모르겠습니다. 일상적 삶에 짓눌려 이 참 씨앗은 본 척도 안 하는 세상을 향해 그는 그림 외에 다른 수단이 없었으니까요. 이미 해바라기 씨앗이 익어 있습니다.

그의 진짜 힘은 그가 절망을 숨기지 않았다는 데 있습니다. 정신병원으로 갈 때도 순순히 갔습니다. 사람들에게 비난받고 손가락질당할지언정 그는 자신의 행위나 생각을 숨기지 않습니다. 심지어 자신이 자른 귀를 들고 가끔 가던 여성의 집으로 갔을 정도입니다. 정신이 나가서 그리했다고 할 사람도 있겠으나, 무엇이든 숨기지 않는 그의 평소 습관이 그대로 나온 것이지요. 시대가 자신의 그림과 사고에 박수를 보내지 않아도 결코 시대가 좋아하는 그림으로 타협할 생각조차 하지 않았습니다. 그래서 평생 동생의 도움으로 살아야 했지요. 평생 소울메이트였던 동생 테오는 형이 죽은 후 6개월 만에 세상을 뜹니다. 형의 죽음에 대한 상처가 너무 컸다는 것도 그가 죽게 된 한 원인이었겠지요. 테오의 아내 요안나가 나중에 이 다정한 형제를 나란히 묻어줍니다. 고흐는 살아서도 가족들의 환영을 받지 못했지만, 자살로 죽었다는 이유로 가족 무덤에도 묻히지 못하고 그가 사랑했던 프랑스 남부 아를에 묻혔습니다. 요안나와 아들이 고흐의 작품을 보관하고 후세에 전해지게 하는 데 결정적 역할을 했습니다.

자신과 자신의 그림을 너무 잘 이해했던 동생 테오가 고흐에게 쓴 편지들 속에는 정직한 절망과 희망의 해바라기들이 이리저리 섞이며 함께 나옵니다만, 그 둘 사이 모순됨이 느껴지지 않습니다. 무엇보다 그의 생애와 그의 작품 자체가 어쩌면 모순입니다. 그의 삶은 처절이란 말이 딱 들어맞습니다만, 그의 작품들은 참 환합니다. 〈밤의 카페〉, 〈별이 빛나는 밤〉, 〈해바라기〉, 〈고흐의 방〉, 그가 그린 인물들의 건강함, 〈아몬드 꽃〉, 해석이 여러 가지로 다른 〈까마귀가 나는 밀밭〉도 제게는 어떤 작품보다 큰 희망이 빛나는 작품으로 보입니다.

이렇게 비유하면 어떨지 모르겠으나, 위대한 성인의 모습에서도 이런 극과 극의 모순되는 모습이 보입니다. 한 색깔뿐인 성인은 사실 좀 드문 것 같습니다. 어쩌면 이 모순을 통합하는 과정 자체가 인간이 되어가는 길일지 모르겠습니다. 그는 자신의 모순을 통해 세상의 모순을 보았고, 그 세상의 모순과 타협하지 않기 위해 자신의 모순이라는 어둠 속에서 환한 빛을 끄집어내기 위해 온 생명을 통째로 내놓았는지 모릅니다. 세상을 둘러보며 그 어둠의 끔찍함에 이대로는 살 수 없을 것 같은 느낌을 누구나 한 번쯤은 경험했을 것입니다. 보통은 그 모순을 보고도 그저 자신의 삶을 살아가지만, 그는 그럴 수 없었습니다. 그 앞에서 온몸을 던져 진짜 빛을 보다가 눈이 멀어버린 사람, 그 고흐의 모습을 해바라기에서 봅니다.

걸어온 길보다

가야 할 길 아득해 보이는

절망

숨기지 말자.

모른 척하지 말자.

가슴 짓누르는 무거움 쌓여만 가고

무언가 두고 온 듯

자꾸 뒤돌아보는 것은

마음의 꼬리

아직 몸 따라오지 못함일 뿐일런가.

처연할 때 처연해질 것

눈감아서 절망이 희망으로 바뀔 수 있다면

역사는 통짜로 가짜

절망과 희망은 맞바꿔지는 것이 아님을

통렬히 체험하는 가슴들 안에

새롭게 쓰여져 가는 역사의 한 페이지

그 아프디아픈 창조성이여.

빈센트 반 고흐(Vincent Willem van Gogh), 〈낡은 구두 한 켤레(A Pair of Shoes)〉(1886), 캔버스에 유채,
암스테르담 빈센트 반 고흐 국립미술관

낡은 구두 한 켤레

화가는 왜 이런 구두를 그렸을까요? 풍부한 레이스로 장식한 아름다운 여인을 그리던 시대에 고흐는 낡아빠져 더 신을 수도 없을 것 같은 구두를 그렸습니다. 이 화가의 마음 안에는 무엇이 있었고, 대체 무엇을 표현하고 싶었던 것일까요? 고흐는 친구에게 삶의 신조가 무엇이냐는 질문을 받고 이렇게 대답했다고 합니다. "침묵하고 싶지만 꼭 말해야 한다면 이런 걸세. 사랑하고 사랑받는 것, 산다는 것, 곧 생명을 새롭게 하고 회복하고 보존하는 것, 불꽃처럼 일하는 것, 그리고 무엇보다도 선하고 쓸모 있게 무언가에 도움이 되는 것. 예컨대 불을 피우거나, 아이에게 빵 한 조각과 버터를 주거나, 고통받는 사람에게 물 한 잔을 건네주는 것이라네."

그의 말은 몸을 관통하며 제 안에 파고들듯이 스며들어왔습니다. 이런 사람이기에, 이런 불꽃을 품은 사람이기에 이런 그림을 그릴 수 있었을 것입니다. 그리고 이 구두는 자신이 신던 구두가 아니라, 요즘 식으로 하자면 벼룩시장 같은 곳에서 사 왔다고 합니다(여기에는 다양한 해석이 있습니다). 신기 위해서가 아니라 그리기 위해서 사 온 것이죠. 고흐는 이 구두에서 무엇을 발견했을까요? 낡고 닳아서 발목마저 꺾여진 구두. 어쩌면 한평생 노동하며 살다가 이승을 하직한 사람의 구두를 내다 팔았는지도 모르겠습니다.

이 구두 주인이 살아 있었다면 새것을 살 형편도 못되어 내다 팔지 못했으리라고 짐작합니다. 만약 구두의 주인이 세상을 하직한 사람이면, 그는 삶의 반생 정도를 이 구두와 함께했을지도 모르겠습니다. 격심한 노동의 흔적과 삶의 고뇌, 투박함, 생명의 질김, 그리고 무엇보다 부재, 죽음!

묘하게도 이 낡아빠져 쓸모없어진 구두에서 죽음의 허무, 절망 같은 것만 느껴지지는 않습니다. 주인이 누구인지, 어떤 삶인지도 모르는 빈 구두. 웃고, 울고, 먹고, 일하고, 사랑하고, 미워하고, 늙어갔을 그의 삶은 수많은 인류의 여정과 특별히 다를 것은 없었을 것입니다. 그런 사람을 담아온 구두가 이제 우리 눈앞에 있습니다.

고독과 어둠, 절망, 고뇌, 고통 같은 것들, 기쁨과 환희, 희망보다 더 쉽게 우리 피부에 와닿는 이 부재의 느낌이 꿈틀꿈틀 살아서 다가옵니다. 누구도 피해갈 수 없는 삶의 한 부분, 목을 조이듯 다가와 때로 삶을 저주하고 싶은 생각까지 들게 하는 생의 많은 순간. 그러나 얼마나 장엄합니까? 그 어둠 속을 한 걸음 한 걸음 걸어가는 수많은 구두의 주인들. 언젠가는 벗어놓고 또 다른 길을 걷겠지만, 오늘의 짐을 지고, 지금의 고뇌를 안고 묵묵히 삶을 사랑하고 이웃을 사랑하고, 고흐가 말한 것처럼 빵 한 조각, 물 한 잔이라도 타인에게 주고 싶은 이들! 고뇌 가운데서도 자식을 위해 밥을 짓고, 가족을 위해 몸을 아끼지 않는 부모들, 서로에게 끌리고, 서로를 아껴주고, 미움에 치를 떨다가도 또다시 다가가 삶을 시작하는 수많은 연인, 삶은 이렇게 평범하기에 아름답습니다.

아무리 잘사는 사람도 하루에 밥 세 끼를 먹을 것이고, 아무리 유능한 사람도 고독과 고뇌를 피해갈 수 없는 법이며, 힘센 장사도 언젠가는 힘을 잃고 죽음의 길을 걸어갈 것입니다. 고통, 고뇌, 죽음, 부재 등은 피할 도리 없는 인간 삶의 한 부분입니다. 고흐는 누구보다 이 부재에 몸을 떨면서도 이 부재를 떨쳐버리지 않았습니다. 어쩌면 이 구두를 시장에서 처음 발견했을 때, 그는 몸서리쳤을지도 모릅니다. 그럼에도 이 구두를 사 들고 왔습니다. 어떤 방해물도 없는 넓은 공간에 두고, 눈이 시리도록 바라보았을 것입니다.

그러나 고흐의 해석은 여기서 그치지 않습니다. 그림이 완성되면 작가의 의도를 넘어선 해석의 지평이 열릴 테니, 제 나름의 해석도 용서되리라 믿습니다. 고흐만큼 철두철미하게 예수의 정신으로 살아가려고 한 사람을 만나기도 쉽지 않습니다. 그 점을 확인하려면 화가가 되기 전 그의 탄광촌에서 선교사의 삶을 봐야 합니다. 감자자루로 옷을 만들어 입고, 자신이 받은 급료를 굶는 이들을 위해 사용하고, 거주지는 그 지역민보다 남루했다고 합니다. 그 모습은 〈감자 먹는 사람들〉에서 짐작해볼 수 있습니다. 그의 작품 하나하나는 사실 여기서 벗어나면 해석이 정말 달라지게 됩니다. 이 작품은 특히 더합니다.

제가 보기에 이 낡은 구두는 고흐에게 하느님, 예수님 자신입니다. 인간이 신고 신어 낡아진 구두, 인간을 위해 모든 것을 내어놓고 헌신한 후 생명마저 내어놓고, 그 몸을 우리에게 양식으로 주신 하느님의 모습을, 또 인간에게 신겨 그것도 처절한 삶을 산 이의 발에 신겨 함께 처절한 시간을 보내고 일그러지고 찌그러진 구두에서 예수님의 모습을 발견하지 않았을까 생각해봅니다.

데리다나 하이데거처럼 이름만 들어도 감히 넘볼 엄두가 나지 않는 그런 철학자들이 이 작품을 두고 서로 경쟁하듯 해석을 내놓았습니다. 심하게 욕을 먹을 작정을 하고 말씀드리자면, 이들의 해석은 구두 주인이 누구인지 조금 더 나아가서는 이리저리 관계맺음을 하게 해주는 정도에서 그칩니다. 철학적으로 뛰어나다고 반드시 종교적으로 뛰어난 것은 아니지요. 구두가 고흐의 것인지 아니면 어떤 시골 여인네의 것인지에 따라 삶도 달라지니 중요하지 않은 것은 아닙니다. 그런데 만약 이 구두가 예수님 자신을 상징한다면, 그것이 고흐의 것이든 시장에서 산 것이든 중요하지 않게 됩니다. 고흐는 렘브란트처럼 성경의 은유를 멋지게 해석하지 못한다고 자책한 적이 있는데, 저는 이 그림 한 점으로 그 자책을 벗어나고도 남는다고 생각합니다.

이 광란의 시대

　사람인지 괴물의 얼굴인지 구별되지 않는 사람들이 우글거립니다. 요즘 같은 광란의 시대에 옛 그림을 보니 가슴이 저려오는 한편 조금은 안심되기도 합니다. 어느 시대나 별수 없는가 봅니다. 우리만 이상한 세상에 사는 것은 아닌가 봅니다. 그런데 이 화가와 동시대 사람들도 이 화가가 본 이 광란의 모습을 보았을까요? 현재 우리가 살아가는 시대도 겉으로 보면 살기 좋은 천국과 비슷해 보입니다. 적어도 텔레비전 광고를 보면 그렇게 착각하지 않을 수 없습니다. 그러다 보니 중국동포, 필리핀 사람, 파키스탄 사람, 베트남 사람들이 코리안 드림을 꿈꾸며 한국으로, 한국으로 넘어옵니다.

　과연 우리 자신은 어떤 곳에 살고 있을까요? 그들이 보는 것처럼 꿈을 이루어줄 나라에 살고 있나요? 그림을 보면 끔찍하다는 느낌이 가슴을 훑고 지나갑니다. 자세히 묘사된 한 명 한 명의 얼굴을 뜯어보면 괴물처럼 보이는 표정이 아주 다양하다는 사실을 알 수 있습니다. 당한 것이 억울한 듯 튀어나올 것 같은 눈, 물어뜯을 듯한 기세로 뒤틀린 입, 그런 사람 앞에 입을 꾹 다물고 냉혈한처럼 상대를 노려보는 평소에는 상

히에로니무스 보스(Hieronymus Bosch), 〈십자가를 지고 가는 그리스도〉(16세기 초), 캔버스에 유채, 겐트 미술관

당히 점잖을 듯한 사람도 있습니다. 맨 밑에는 세 사람이 무슨 음모를 꾸미는 것인지, 아니면 무엇인가를 서로 더 많이 가지겠다고 외쳐대며 으르렁거리는 모양새입니다. 모든 감각을 잃은 듯 무표정한 얼굴도 있고, 어떤 이는 이런 요지경 한복판에 고요히 십자가를 진 예수님을 향해 항의하듯, 따지듯 노려보며 손을 내밀고 있습니다.

한마디로 광란의 시대입니다. 잘못한 사람은 아무도 없고, 억울한 사람, 빼앗으려는 사람, 따지는 사람, 외쳐대는 사람, 미움과 증오로 들 끓는 사람, 음모와 사기로라도 자신의 것을 불리고자 하는 사람들로 꽉 찬 세상입니다. 음모와 사기를 꾸미는 이들이 이 그림에서처럼 괴물 같은 모습을 하고 다닌다면 알아보기라도 쉽고, 내가 사기당했더라도 다른 사람들이 다 알 터이니 억울함이라도 덜 할 수 있을 것입니다. 그러나 이 모습들은 속얼굴이지 겉얼굴이 아닙니다. 어쩌면 험악한 이들의 바깥 모습은 멋진 옷들과 장신구로 꾸며져 신사 같은 모습일 수도 있습니다.

밀쳐대고 눌러대는 이 광란의 무리 속 예수님은 뭐라 형용할 수 없는 표정인데, 눈을 감고 있으나 이 모든 것을 다 품고 계신다는 것을 한눈에 알아볼 수 있습니다. 아프나 평화롭고, 고요하나 지극한 고통 속에 이 광란의 무리 모두를 함께 지듯, 마치 십자가 자석이라도 되듯 이들을 함께 끌고 나아가는 듯한 모습입니다.

이 기이한 그림 속, 기이한 한 컷이 있습니다. 놓치기 쉽지만 이 그림에서 결코 놓쳐서는 안 될 백미입니다. 예수님이 진 십자가 뒤 얼굴도 보이지 않는 한 남자가 입을 꾹 다문 채 말없이 예수님의 십자가를 떠받치고 있습니다. 그는 자신의 존재 자체를 잊는 듯합니다. 오직 이 엄청난 십자가를 함께 지탱하겠다는 일념 하나로 관통된 사람 같습니다. 그 역시 고요합니다. 고통이 느껴지지 않는 얼굴도 아니지만, 그렇다고 고통으로 짓눌린 얼굴도 아닙니다.

그리고 제일 밑 이 그림에서 유일하게 미소를 짓는 한 여인이 있습니다. 또한 이 그림 안의 유일한 여인이기도 합니다. 그녀가 손에 든 것은 아마도 예수님의 얼굴이 찍힌 수건인 것 같은데, 그렇다면 이 여인은 베로니카일 것입니다.

이 광란의 시대! 그리고 어느 시대에나 베로니카 같은 여인은 있습니다. 웃을 수 없는 상황 속에서 웃을 수 있는 여인, 그래서 생명이 시들지 않게 하는 여인입니다. 이 광란의 시대 한복판을 예수의 십자가가 가로질러 떠받치고 있습니다. 광란과 희망이 서로 마주치고 있습니다.

불꽃이어라

뜨거운 여름입니다. 근래에 이렇게 더웠던 계절이 있었나 싶기도 합니다. 시원하고 가슴을 쓸어주는 그런 그림을 선택할까 생각해보았습니다만, 생각을 바꾸었습니다. 한순간 목축인 뒤 견딜 수 없는 목마름이라면, 그것은 마약보다 더 나을 것이 없기 때문입니다. 더울 땐 더워야하고, 고통스러울 땐 고통스러워야 하는 것이 인생의 법칙입니다. 더위를 잊으려 발버둥치면 칠수록 오히려 더욱더 더워지기 마련입니다. 더우면 더운 채로 그냥 내버려 두는 것이 그나마 최선에 가까운 방책이라는 지혜를 터득하지만, 세월이라는 무엇과도 바꿀 수 없는 대가를 치르지 않으면 얻을 수 없는 소중한 지혜이기도 합니다.

덥습니다. 고통스럽습니다. 슬픕니다. 원망스럽습니다. 우울합니다. 신경증으로 견딜 수 없습니다. 밉습니다. 인간이라면 누구나 피할 수 없는 이런 것들! 누구나 행복을 원하지만, 운명은 결코 나의 뜻대로 따라주지 않습니다. 많은 이가 이런 것을 운명의 여신이 장난친 것이라 여기며, 피할 수 있다면 가능한 한 피하려 애쓰고 그렇지 못할 때는 우울과 슬픔, 절망, 무력감 속에서 삶을 망가뜨려 버리기도 합니다.

윌리엄 터너(Joseph Mallord William Turner), 〈노예선(The Slave Ship)〉(1840), 캔버스에 유채, 보스턴 미술관

그러나 어떤 사람은 자신이 도저히 해결할 수 없는 난관 앞에서 불 같은 열정을 더 피워올리기도 합니다. 뜨거움으로 녹이지 못할 것이 없다는 듯 한계 앞에서 더 뜨겁게 타오릅니다. 그러나 한계는 한계, 결코 쉬이 뛰어넘거나 녹일 수 있는 것은 아니지요. 한계가 한계인 것은 평상시의 힘으로는 뛰어넘을 수 없기 때문입니다.

자신의 환경이나 천성 같은 한계 안에서 한 치도 벗어나지 못한 채, 그것들을 넘어서기를 뱀보다 더 두려워하며 피하기만 하던 사람이 역경이라는 불을 만나 어쩔 수 없이 자신의 밑바닥, 자신의 한계와 정면으로 대결하는 순간이 찾아옵니다. 금방이라도 자신을 삼켜버릴 것처럼 널름거리는 불꽃 앞에서 그 불꽃 속에 자신을 던져버려야 하는 기가 막힌 순간이 있습니다.

이런 순간에서조차 단지 회피하려 발버둥치는 것이 보통 우리 인간들의 모습이지요. 회피해도 목숨 하나 부지하는 데는 이상이 없음을 우리는 또 잘 압니다. 그러나 내면의 불꽃은 사그라들 대로 사그라들어 사는 것이 그저 지겹고 모든 것은 마음에 안 들고 그렇게 찌부러들게 될 수밖에 없습니다. 그렇다면 이 불꽃으로부터 회피해 시원한 물가에 당도할 수 있는 사람은 없다는 말인가요? 때로는 그럴지도 모릅니다. 하지만 그 불길은 결코 영원히 꺼지는 일 없이 우리 삶의 주위를 맴돌고 있습니다. 불도 물도 구름도 바람도 뜨거운 태양도 그저 주어지는 것일 뿐입니다. 시원한 바람도 내가 착하다고 해서 불어오는 것이 아니듯이, 인생의 불도 그저 다가오는 것일 뿐입니다.

한눈에 봐도 터너라는 작가의 그림입니다. 사실 저는 이런 풍의 그림을 아주 좋아하지는 않습니다만, 이 그림은 보는 순간 "아이고 어쩌라고!" 하는 탄식이 절로 나왔습니다. 붉게 뒤집히는 성난 파도, 왠지 익숙한 느낌이 들었지요. 우리 삶의 어떤 순간이 이 그림에 오버랩되었기 때문입니다.

이 그림은 한여름에 보면, 보는 순간 땀이 솟아오를 것 같은 느낌을 줍니다. 성난 파도 속에 쪽배 하나가 금방이라도 가라앉을 듯 위태롭습니다만, 그 바다가 단지 위협하는 것이 아니라 아예 붉게 타오르는 불길 같습니다. 저녁노을에 물든 모습을 그렸을까요? 화가는 어떤 마음으로 붉게 타오르는 성난 바다를 그렸을까요? 그런데 그림 한복판 한 줄기 흰빛이 붉은 바다를 가르듯 비치고 있습니다. 아무런 희망도 없는 절망이란 없다고 가만히 속삭여주는 것 같습니다.

인생이란 고비를 슥 돌고 나면 이 불꽃이 내면의 불꽃을 살려주었음을, 죽어가던 내면의 생기를 오히려 돋우어주었음을 비로소 느끼는 때가 옵니다. 불이 있어야 불이 살아나지요. 죽네 사네 외칠 때, 사실은 내면에서 샘솟는 생명의 불꽃은 그 앞에 벌벌 떨던 한계도 훌쩍 뛰어넘어버립니다. 위기야말로 내면의 위기를 극복하게 해주는 섭리의 도구일지도 모릅니다. 어쩌면 내 생명이 꺼져가는지도 모릅니다. "불꽃이어라" 환희의 송가를 부를지도 모릅니다.

자신을 비우면

이 성모님 그림은 보면 볼수록 특이합니다. 먼저 무엇이 특이한지 저의 설명을 읽기 전에 한 번 생각해보면 좋겠습니다. 처음 이 그림을 만났을 때는 그저 미소가 독특하다는 정도였는데, 두고 보면 볼수록 매력이 넘쳐납니다. 어떤 의미에서는 성모님 그림 중에서는 유일한 종류의 그림이라고 해도 과장은 아닐 것 같습니다. 이렇게까지 말하는 이유는 다음과 같습니다.

성모님 그림은 크게 두 종류로 나눌 수 있습니다. 보통 예수님과 함께 있거나 혼자 있는 성모님을 그리죠. 물론 천사의 잉태 알림이나 십자가 아래 있는 모습도 있지만, 대부분 성모님 그림은 이 두 종류라고 봐도 무방합니다.

그런데 혼자 계신 성모님 그림은 대체로 기도하는 모습 내지는 거룩한 모습, 하늘나라와 어떤 연관성이 있는 모습입니다. 그런데 이 성모님 그림은 기도하는 모습도 아니요, 하늘을 향해 거룩하게 눈을 치켜든 모습도 아닙니다. 그저 내면으로부터 배어 나오는 행복이 온몸에 자연

고대 익명의 화가의 그림

스럽게 드러나는 한 여인의 모습입니다. 머리 위 후광이 없다면 성모님이라고 단정 짓기도 어렵습니다.

성모님을 예수님과의 관계도 아니고, 하느님과의 관계도 아닌 성모님 자신만의 고유한 모습으로 그리고자 했다는 점에서 이 작가의 의도는 참 독특하다고 여겨집니다. 고대 익명의 화가이지만 참 현대적인 감각을 지닌 이였습니다. 이 성모님은 예수님이 자신의 몸 안에 오기 전에도 자기 자신으로서 행복한 여인이었습니다. 누구에게나 미소를 던져줄 것 같은 너그러움과 동시에 진리가 아닌 것에는 확고히 돌아설 수 있는 결단력 또한 엿보입니다. 참 복된 미소지요. 한참을 보고 있으면 행복이 나한테까지 묻어오는 것 같습니다. 입과 눈은 특히 웃음으로 가득합니다만 입과 눈뿐만 아니라 온몸이 웃음으로 가득합니다. 그렇긴 한데 막 연애에 빠진 사람들의 황홀한 행복감은 분명 아닌 듯합니다. 한마디로 설명하기 어려운 참으로 묘한 행복감입니다.

그런데 성모 마리아의 일생을 살펴보면 저렇게 웃을 수 있었던 순간이 과연 얼마나 있었을까요? 작품에는 작가의 의도가 담겨 있기 마련입니다. 이 그림을 한참 바라보면서 이 작가가 그리고 싶었던 성모 마리아는 '어떤 분이었을까'를 생각해보았습니다. 제 생각으로는 '자신을 비우신 성모님'이었을 것 같습니다. 예기치 않은 임신, 요셉의 반응에 대한 대처, 이집트로의 피신, 요셉의 죽음, 아들의 선교 시작, 사람들의 오해와 편견, 십자가와 죽음 등 얼핏 훑어보더라도 성모님의 생애는 고난으로 점철되어 있습니다. 그런 분을 이 작가는 이렇게 행복한 모습으로 묘사했습니다.

이 아름다움에는 자신을 비운 사람만이 지닐 수 있는 편안함과 위로로 충만한 어떤 무엇이 있습니다. 이 미소는 성공을 이룬 뒤라거나 어떤 운 좋은 일을 당한 사람의 웃음도 결코 아닙니다. 그런 사람들의 웃음에는 흥분이 감도는데, 이 성모님의 표정에서는 흥분을 읽을 수 없습니다.

어떤 이유가 있어서 나오는 미소가 아니라, 그저 존재 자체로 행복한 이의 웃음입니다. 이런 복됨은 자신을 비운 이에게만 가능합니다. 무엇인가를 쟁취하고자 무섭게 달려가는 사람, 얻은 것을 빼앗기지 않고자 전전긍긍하는 사람, 남에게 결코 질 수 없어 안달하는 사람, 이런 사람들에게서는 절대로 나올 수 없는 미소입니다. 어쩌면 우리 시대가 잃어버린 미소라고도 할 수 있습니다. 그 수많은 고난을, 사랑하는 외아들이 십자가에 못 박혀 죽는 일조차 하느님의 손으로부터 받아들인 이, 깊은 고통을 받아들여 온전히 무가 된 이는 부활의 빛을 받을 수밖에 없습니다.

비움이 없이 채워질 수 없고, 죽음이 없이 생명도 없습니다. 그런 생명을 얻은 이의 미소입니다.

아마도 작가는 이런저런 모습을 꼭 표현하겠다고 목록을 작성하고 그리지는 않았을 것 같습니다. 자신이 오랫동안 친숙해 온 성모님, 자신의 삶 안에 녹아들어 고난의 때에 검은 밤하늘 별이 되어주었던 성모님,

자신과 기쁨을 함께 나눈 성모님, 그 성모님을 묘사하고자 하지 않았을 까 하는 생각이 들었습니다.

　홀로 자신으로 서 있어 행복한 이, 그리하여 타인과 만났을 때 자신 을 나누어 줄 수 있는 이, 지배하거나 지배당함으로써 안전항구를 찾지 않고 삶의 도전 속에 하느님 사랑의 손길을 발견하는 이, 그리하여 후대 는 그녀에게 캄캄한 밤하늘의 갈 길을 알려주는 별이라 불렀습니다.

　햇살 탱글탱글
　어찌 이리 고요한가.
　만물 익어가는 소리
　사과 여물고 벼 익는 소리

　뒤처진 그림자 느릿느릿 따르는 오후
　온갖 소리 고요한 합창되어 울리고
　천차만별 가지각색 존재들이
　각각 제 터를 잡네.

　지금 죽어도 좋으리.
　이 침묵 속에

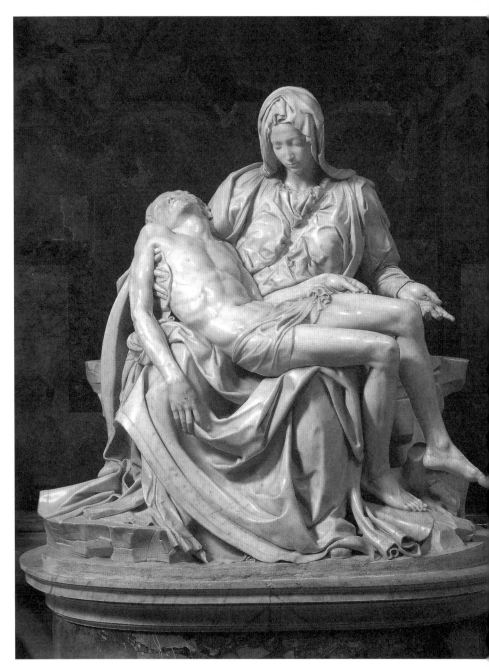

미켈란젤로 부오나로티(Michelangelo Buonarroti), 〈피에타(Pietà)〉(1498∼1499), 대리석, 성 베드로 대성당

온전한 무방비의 상태

예수님의 죽음과 관련된 성모 마리아의 그림이나 조각은 크게 두 종류로 나누어집니다. 하나는 십자가 아래 계신 성모님이고, 다른 하나는 십자가에서 내려진 돌아가신 아들 예수님을 안고 있는 모습 즉 피에타입니다. 전자에서 성모님은 고통의 극한에 있는 모습으로 그려집니다. 고통의 끝에 거의 혼절한 모습을 그린 것도 적지 않습니다. 그리스도교 신자가 아니더라도 자식 잃은 어머니의 고통이 보는 이의 마음도 무너져내리게 합니다. 그 모습에는 마치 인류의 모든 고통을 가려린 여인의 한 몸에 모두 실어놓기라도 한 듯합니다. 세상 곳곳에서 지금도 그렇게 무너지는 수많은 어머니가 있겠지요. 하소연할 곳도, 도움을 줄 손길도 없이 삶의 가장 밑바닥까지 곤두박질쳐 생명마저 잃을 수밖에 없는 수많은 이의 절박함을 담고 있습니다. 세계 곳곳 어디선가 지금도 이런 일이 벌어지고 있습니다.

그런데 피에타는 십자가 아래 모습과는 사뭇 다릅니다. 돌아가신 외아들을 품에 안고 있는 성모마리아, 그 모습에서는 처절한 고통보다는 이상하리만치 고요한 느낌이 다가옵니다. 실제 바티칸에서 미켈란젤로의 피에타상을 보았을 때 느낌은 잊을 수 없습니다. 주위에는 보고 싶어 하는 사람들이 잔뜩 몰려 있었음에도, 그 인파 속에서 소란스러움을 느낄 수 없었습니다. 밀치거나 서로 보겠다고 법석을 떠는 일 없이 앞에 사람이 빠져나가면 밀물처럼 조금씩 다가가 고요한 가운데 관람이 이어지고 있었습니다. 그 장면 자체가 피에타상과 하나를 이루는 기이한 광경이었습니다.

피에타상은 그 모두를 감싸 안는 평화의 자기장을 형성하는 듯한 느낌이었습니다.

죽은 아들을 안고 있는 어머니에게서 어떻게 이런 기운이 나올 수 있는지, 그 앞을 떠나고 싶지 않았으나 뒷사람을 생각해 물러 나올 수밖에 없었습니다. 관람객과 피에타상이 한꺼번에 보이는 위치를 잡고 한참을 서서 바라보았습니다. 고통이 절절히 느껴지는데도 거부의 몸짓은 어디서도 감지되지 않았습니다. 미켈란젤로, 진정한 의미에서 천재라는 이름이 무색하지 않았습니다. 온전한 무방비의 자세, 외아들의 죽음을 하느님의 손으로부터 받아들인 어머니, 약속과 희망이 모두 무너진 가운데서도 하느님의 뜻이 있음을 받아들일 수 있는 이. 그것은 곧 자기 자신의 죽음이었고, 자신의 죽음을 받아들이는 것이었습니다.

어떤 의미에서는 자신의 죽음보다 더한 상태였을 것입니다. 차라리 자신의 몸이 죽는 것이 훨씬 더 나은 그런 형언할 길 없는 온전한 무너짐, 그 속에서 어떤 것도 거부하지 않고 머물고 있는 이. 온전한 무방비의 상태!

고통은 물론 죽음조차 이런 사람을 결코 해할 수 없습니다.

수정마을 상징 구유

구유, 그 시대 양심의 자리

각 시대는 그 시대의 양심을 알아볼 수 있는 자리가 있습니다. 두말할 것도 없이 그 자리는 그 시대의 가장 약한 부분, 가장 취약한 부분입니다. 흑사병이 창궐하던 시기에는 그 병으로 사람들이 쓰러져가는 곳일 것이고, 전쟁이 발발한 시기에는 전쟁과 관련된 장소일 것입니다. 대체로 그 시대의 문학이나 노래 등도 이런 것들을 테마로 다룹니다. 물론 종교인들이나 의식이 깨어 있는 이들의 시선, 발길, 마음은 이런 곳으로 향하게 되어 있습니다. 만약 그 시대가 가장 약한 부분에 관심을 두지 않는다면, 그 시대를 살아가는 사람들은 살맛을 잃고 희망의 좌표를 발견하지 못한 채 방황할 것입니다. 물론 이런 현상은 금방 일어나지는 않지만, 서서히 그 시대 사람들의 마음을 좀먹어 들어가 정신을 피폐하게 합니다.

그렇다면 우리 시대 양심의 자리는 어떤 곳일까요? 개발, 경제, 돈과 관련된 곳 정확하게 말하자면 개발, 경제, 돈과는 거리가 멀고 소외된 곳이겠지요. 아마도 대부분 사람은 이 생각에 동의할 수 있으리라 생각합니다. 우리나라 곳곳, 수도 헤아릴 수 없이 많은 바다, 산간벽지 곳

곳이 처참하게 파헤쳐지고, 그곳에 살던 주민들은 제대로 된 보상도 없이 쫓겨날 지경에 처해 있습니다. 우리나라뿐 아닙니다. 지구의 허파 아마존마저 벌거벗겨 교종 프란치스코마저 나서지 않을 수 없게 만드는 지경에 이르렀습니다. 인도네시아 밀림에는 한국기업마저 진출해 듣고 싶지 않은 소식들이 들려옵니다.

하지만 언론도 사회도 밀림 속 원주민, 시골 연세든 어르신들의 삶에는 관심도 없고, 그러니 그 속에 멸종되어가는 식물과 동물들에는 당연히 아무런 관심도 두지 않습니다. 각국 정부는 대기업의 이익과 자신의 정치적 득실만 따지기 급급합니다. 더욱 나쁜 것은 몇몇 사람에게만 특혜를 주어 마을공동체를 분열시키고, 서로 처절한 불신과 분열로 인간성마저 파괴되게 한다는 사실입니다.

이런 상황에서 스스로 보호할 힘도 없는 자연이 인간 탐욕의 손에 망가져가는 것은 너무도 당연한 이야기입니다. 이로 인해 인류 멸망의 소리마저 들려오지만, 우리의 탐욕이 내미는 손길을 거둘 수 있는 길은 쉽지 않을 듯합니다.

저희 수녀원이 있는 수정마을이 이 수많은 마을 중 하나가 되었습니다. 위의 사실들을 몸으로 체험하며 지난 성탄 때 자매들이 만든 구유, 수정마을로 둘러싸인 아기 예수님 사진입니다. 그렇게 온갖 잡동사니들로 시끄러운 마을 한복판에 아기 예수가 고요히 한없이 평안히 잠들어 있습니다. 폭풍이 몰아치는 호수 한가운데서 잠들어 계신 예수님을 연상하게 됩니다. 희망이 없는 그곳, 사람들의 관심이 없는 그곳에 예수님은 당신의 자리를 마련하십니다. 사실 조선소 문제가 터지고 행정당국의 거짓말, 기업의 횡포와 속임수, 조선소 환경오염의 심각함, 마을 할머니들의 오도 가도 못할 처지가 하나로 모였을 때 7만 평 매립지 그 넓은 부지 한복판 아기 예수님이 배내옷도 입지 않은 채 떨고 있음을 보았지요. 그리고 수녀원만 보상해주겠다는 기업 간부의 말에 봉쇄 수녀들은 거리로 나설 수밖에 없었습니다.

우리나라만 하더라도 지난 10년간 쌍용차, 용산참사, 세월호, 밀양 등 이름을 들자면 끝도 없을 리스트가 있습니다. 곧 뒤집어지고 망할 것 같지만 바로 그곳에 새 희망의 싹이 자라고 있습니다. 그 가운데 가장 대표적인 자리가 세월호입니다. 자식 잃은 부모들의 그 결기는 이 시대 양심을 씻어주고 있습니다. 쌍용차 의인들의 그 기나긴 싸움도 참 감탄스럽습니다. 그들의 발길, 시선에는 다른 곳에서는 볼 수 없는 사랑과 희생이, 살아 있는 양심이 담겨 있습니다. 작지만 우리 시대의 희망이 엿보이는 곳입니다. 작은 시골 수정마을 몸 굽은 어르신들의 투명한 눈빛을 세상에 보여주고 싶습니다. 주민 공용지로 약정서에 잡힌 부지대금을 회사가 선심 쓰듯 위로금으로 천만 원씩 나누어줄 때 내다 팔기 위해 열무 세 단 예쁘게 묶어 내려오는 몸 구부러진 할머니에게 기자가 "왜 천만 원 받지 않았냐" 묻자, "그 돈이 내 돈잉교?" 이 말 한마디가 씻어주었을 시대의 죄를 누가 다 알 수 있겠습니까?

사건이 터지는 곳에 이 양심의 자리를 알아보는 이들이 하나둘 늘어납니다. 각 개인의 양심만으로는 어찌해볼 수 없는 시대의 죄를 함께 잡는 손들, 일생을 그 속으로 던져 투신하는 의인들의 무력함이 씻어줍니다. 이곳이 구유입니다.

완전한 승리, 반쪽의 승리

"부활절 그림으로 어울리지 않는 그림을 택했다고 생각하는 분이 많으리라 여겨집니다. 사실 그렇지요. 돌아가신 예수님의 그림이라는 것은 누가 봐도 알 수 있으니까요. 그런데 이 이콘은 초대교회 때부터 전해 내려오는 것으로, 부활날 모인 신자들 앞에 사제가 이 이콘을 받들며 '이분이 바로 부활하신 분이다'라고 외쳤다고 합니다."

이콘 전문가로부터 이 이콘을 선물받고 이 설명을 듣는 순간, 가슴이 먹먹하니 아파옴을 느꼈습니다. '죽지 않으면 부활도 없구나' 이런 것을 바보 말문 터지는 깨달음이라고 하나요? 어쨌거나 너무나 당연하고 지당한 말이 가슴을 후비고 들어왔습니다. 죽음을 수용한 사람만이 지닐 수 있는 저 고요함. 그 죽음에는 자신이 일생을 바쳐 헌신한 사람들의 배신과 아끼는 이들마저 마지막에는 자신을 버리고 살길을 찾아 뿔뿔이 흩어져버린 그 처참한 운명을 고스란히 받아들인 뭐라 표현할 길이 없는 사랑이 담겨 있습니다. 이런 처참한 죽음에 넘겨진 분을 하느님이라 고백하니 어떤 이에게는 참 어처구니없는 일이기도 하겠습니다.

중세의 이콘

예수님은 죽음으로부터 승리하셨습니다. 모든 불의와 고통, 이기심과 혼돈, 굶주림과 불행을 한 몸에 끌어안았기에 인간의 언어로는 표현할 길이 없는 처참한 지옥 그 밑바닥으로 떨어질 수밖에 없었습니다. 그런데 이 사랑이 승리를 거두었습니다. 부활은 사랑의 완전한 승리입니다. 흠도 티도 없는 온전한 승리이며 지상에 이미 삼위일체적 사랑이 도래한 것입니다. 인류의 역사는 이제 새 의미를 지니게 되었고, 사랑이 승리를 거둘 수 있다는 기쁘디기쁜 소식이 선포되었습니다.

하지만 현실은 어떤가요? 가난한 이들의 눈에는 여전히 눈물이 고여 있고, 악을 일삼는 자들이 승리하고 있습니다. 도대체 예수님의 승리는 어디 있다는 말입니까? 그 승리가 누구에게 힘을 발휘하고 있다는 말입니까? 이런 의문을 품어보지 않은 사람은 없을 것입니다.

그런데 정말 이 물음이 자신의 존재를 감고, 파고들 정도에 이르면 발견되는 하나의 진리가 있습니다. "죽지 않고 승리하고 싶은 마음"이 웅크리고 있음을 발견하게 됩니다. 예수님의 승리는 이런 마음 안에서는 결코 힘을 발휘할 수 없습니다. 예수님의 부활은 마술처럼 그 무엇도 다른 것으로 바꾸어놓지 않습니다. 죽음을 받아들이지 않는데 부활이 일어날 수 없습니다. 죽음과 부활은 이것이냐 저것이냐는 식으로 선택할 사항이 아니라 하나의 현실입니다. 하나가 없으면 다른 것도 없기 때문입니다.

이런 의미에서 예수님의 부활은 온전한 승리이자 반쪽 승리입니다. 반쪽은 우리 자신이 채워야 할 부분입니다.

중세 익명의 화가, 성녀 카타리나와 예수님

사랑은 공간을 만드는 일

그림 그리는 재주가 진짜 부럽게 느껴지게 하는 그림이지만, 중세 그림인지라 약간의 설명이 필요합니다. 이 그림은 성녀 카타리나의 신비한 결혼식을 그렸습니다. 성녀는 예수님이 반지를 끼워주며 결혼을 약속하는 환영을 보았다고 합니다. 우선 그림의 두 인물, 예수님과 카타리나의 모습은 당당하기 그지없습니다. 쭉 뻗어 기운차고 당당하나 위압적이거나 경직되지 않았습니다. 살짝 숙인 고개와 서로를 향해 뻗은 손이 아니라면, 두 사람이 그저 뚝 떨어져 서 있을 뿐이라고 느껴질 정도로 상당한 거리를 두고 마주 서 있습니다. 자세히 보면 예수님 손끝에 반지가 있습니다. 그러니까 지금 신부인 카타리나의 손에 예수님이 신랑으로서 반지를 끼워주는 장면입니다. 그럼에도 예수님은 손에 말씀 즉 성경을 잡고 계시며, 카타리나는 펜과 노트를 쥐고 있습니다. 일반적인 결혼식과는 상당히 다릅니다. 무엇이 다른지 우리의 텍스트인 그림을 따라가 보겠습니다.

두 사람 사이에 정말 시원한 공간이 열려 있습니다. 지나치게 멀지도 지나치게 가깝지도 않습니다. 오직 서로만을 향하는 눈빛을 보아야 합니다. 상당히 먼 거리임에도 두 사람 사이에 절절한 사랑이 느껴지기에 충분합니다. 마치 세상에 오직 두 사람만 존재하는 듯, 예수님과 카타리나 사이에는 이루 말할 길 없는 깊은 사랑이 흐릅니다. 닿을 듯 말듯 뻗은 두 손의 스침이 이 눈빛과 함께 어우러지며 모든 것을 온전히 헌신하고도 남음이 있는 사랑이 느껴집니다.

이렇듯 큰 사랑이 느껴지는데도 오직 둘만 남겠다는 배타적 사랑이 전혀 느껴지지 않습니다. 현대 화가 클림트의 〈키스〉란 그림을 한 번 상기해본다면 쉽게 이해할 수 있습니다. 아름다운 키스와 서로를 향한 황홀한 타오름의 사랑을 폄훼하는 것은 아니지만, 그런 사랑이 지닌 속성을 한 번 들여다볼 필요가 있겠습니다. 우선 눈에 띄는 것은 손가락 하나 비집고 들어갈 틈 없이 밀착된 두 사람 그리고 절벽 끝의 아슬아슬함 ― 다른 사람은 도저히 두 사람 사랑의 열정 사이로 들어갈 여지가 없습니다. 바늘조차 들어가지 않을 것 같습니다. 타오를 듯 열정적이며 배타적인 사랑이지요. 이런 사랑 아름답지요. 하지만 찰나의 아름다움입니다. 구약성경의 전도서가 말하듯 포옹할 때가 있으면 풀 때가 오는 법이니까요. 이런 사랑은 결코 영원히 지속하지 않습니다. 현대 심리학은 사랑에 빠지는 유효기간이 길어야 1년이라고 합니다. 그래서일까요? 화가는 이 열정적인 커플을 아슬아슬한 절벽 위에 세워두었습니다.

하지만 이 그림의 둘 사이 공간은 다릅니다. 누구나 환영받는 공간이 두 사람 사이에 형성되어 있습니다. 공간 아래쪽에 작은 그림이 있습니다. 아기 예수님과 마리아 그리고 마리아의 어머니 안나입니다. 아마도 보편적인 가족 사랑을 나타내주는 듯합니다. 아기 예수를 가운데 두고 엄마와 할머니가 앉아 있습니다. 즉 위 그림에 나타난 사랑에는 인간의 온갖 사랑이 다 담겨 있습니다. 예수님은 한 인간을 사랑하시되, 끝까지, 세상에 오직 그 사람뿐인 듯 지극히 사랑하십니다. 이 사랑은 생명 자체이기에 이 불꽃에 점화되면 사랑으로 타오를 수밖에 없습니다. 결혼식이란 말이 의미하듯 결코 이성 간의 열렬한 사랑 못지않습니다. 미적지근한 것은 이미 사랑이 아니니까요.

이 타오르는 사랑이 그 사람 안의 쓸데없는 것들을 태워 정화하고, 참사랑으로 변모시킵니다. 그리하여 예수님과 닮은 모습이 되게 하여, 이 그림에서처럼 그 사람과 혼인의 계약마저 맺으십니다. 이 사랑은 어떤 상처든 치유해주는 참으로 생명 가득한 사랑입니다. 그러나 여기서 그치지 않고 당신의 그 사랑으로 모든 사람을 사랑하도록 보내십니다. 더 나아가 당신과 함께 사랑의 공간을 만들자고 초대하십니다. 너 혼자 가서 용감히 사랑의 전사가 되라 하지 않고, 함께 만든 사랑의 공간으로 모든 사람을 초대합니다.

아래쪽 작은 그림 수수께끼를 한번 풀어가 보겠습니다. 중간 그림은 천사가 두 사람의 어깨를 감싸 안고 있습니다. 두 사람은 무사 복장에 창과 방패가 떨어져 있어, 아마도 결투라도 벌였던 것으로 보입니다. 그

두 무사가 무기를 땅에 놓고 서로 포옹합니다. 즉 화해와 용서를 이야기하고 있습니다. 모든 사랑에는 화해와 용서가 선행하며, 함께 나아갑니다. 우리는 사랑의 일치를 원하면서도 화해와 용서라는 힘든 작업은 원치 않습니다. 화해와 용서가 없는 사랑은 연약하고 쉽게 부서지기 쉽습니다.

그 옆 두 그림은 악마 즉 악에 관한 그림입니다. 사랑이 있다 하여 악이 사라지지는 않습니다. 오른쪽 미카엘 천사는 도리깨로, 오른쪽 성녀는 망치로 검은 악마를 내리치고 있습니다. 천사와 인간 양쪽입니다. 우리가 악의 힘과 싸울 때 하늘에서도 함께 싸운다는 사실을 말해주고 싶은가 봅니다. 악의 힘에 대처하는 가장 강력한 힘은 사랑입니다. 이 사랑의 힘은 용서와 화해라는 해방의 체험을 통해 진짜 강한 힘이 됩니다. 자신의 죄에서 해방되지 않은 사람이 세상의 악을 상대로 싸울 수는 없지 않겠습니까?

그리하여 그 해방된 공간, 두 사람 사랑의 자장 영역 안으로 모든 사람이 초대받습니다. 누구도 여기서 배제되지 않습니다. 화가는 그런 사랑을 신학이 아닌 그림으로 우리에게 제시하고 있습니다.

반쯤 죽은 상태

렘브란트가 요한복음 안의 예수님이 라자로를 소생시키는 장면을 그렸습니다.

이 그림에서 가장 눈에 띄는 것은 라자로의 반쯤 죽은 상태와 동생 마리아의 생명감 넘치는 모습입니다. 마리아의 얼굴은 빛으로 가득하고 그녀의 눈동자는 예수님의 눈동자와 가장 닮았으며 그녀의 손동작 역시 예수님의 것과 비슷합니다. 그림 속 한 부분이지만 그녀의 모습은 참 사랑스럽습니다. 그런데 라자로의 모습은 반쯤 감긴 눈과 힘없이 늘어진 팔과 목 그리고 생명감이라곤 찾아볼 수 없는 얼굴을 하고 있습니다. 그의 복음 해석에는 자신의 경험이 다분히 들어 있는 것 같습니다. 예수님이 소생시킨 사람을 저리 맥없이 그려놓나 싶은 생각이 먼저 들 정도입니다. 화가의 생각에는 못 미치더라도 나름 우리의 경험으로 한 번 뒤따라 가보는 것도 나쁘지 않을 것입니다.

반쯤 죽은 상태, 절망의 바닥을 치는 모습입니다. 저런 모습으로 살아나느니 그냥 죽는 것이 차라리 낫겠다 싶을 정도로 처량한 모습입니다. 그런데 사실 이 두 사람은 다른 사람이 아니라 한 인간의 두 차원이

렘브란트 반 레인(Rembrandt van Rijn), 〈라자로의 소생(The Raising of Lazarus)〉(1630), 목판에 유채, 로스앤젤레스 카운티 미술관

라고 해야 할 것 같습니다. 마리아의 생명감은 라자로가 절망의 바닥을 체험한 뒤에야 오는 부활의 생명이기 때문입니다. 이것은 다음과 같은 생명의 여정입니다.

반쯤 죽은 상태

살아도 살아 있는 것이 아닌 목숨

소설 어디쯤 나오는 이야기로 들리나요.

절망의 바닥을 쳐본 사람은 압니다.

가야 할 길이 보이지 않는 절망과

갈 길은 알아도 걸을 수 있는 힘이 없는 절망은

다르다는 사실을……

혼돈, 구제불능

태초에도 혼돈이 있었다지요.

발버둥 칠 힘이 있다면

절망 안에도 이미 빛이 스며들고 있는 것입니다.

발버둥조차 치지 못하는

땅바닥 위 깨진 달걀마냥 추-욱 퍼져버린 절망이

진짜 무섭지요.

높이 뛰기, 멀리 뛰기

먼저 땅바닥을 쳐야 합니다.

땅 차오르기 수천, 수만 번 후에야

새처럼 높이 날아오를 수 있는 법이지요.

땅만 찰 뿐 높이 오를 수 없는 수없는 절망이

꼭꼭 아로새겨진 사람입니다.

자신에게 절망할 수 있는 이는

자신을 벗어나기를 원하는 이입니다.

자신을 넘어서기를 원할 수밖에 다른 도리가 없습니다.

절망할 수 있는 능력이야말로

진정한 힘입니다.

자신을 아는 진리의 힘이지요.

헛된 욕망으로 흐려진 눈보다 밝은 절망의 눈이지요.

자신 안에 혼돈을 허용하는 사람

혼돈 안에 머무는 사람

이 혼돈 위에

태초의 영이, 새 창조의 영이

휘감아 돕니다.

    그림 속에서 가장 화려한 것은 벽에 걸린 칼입니다. 느닷없이 칼이 있습니다. 칼은 화가의 의도가 서린 도구이지요. 사람을 죽이는 무기가 저렇게 화려하다니요! 그러나 벽에 걸린 장식품일 뿐입니다. 자신의 힘과 생명에 절망하고 새 생명으로 태어난 사람 안에 칼은 이미 힘을 잃어버린 쓸모없는 것이 됩니다. 자기방어의 수단을 내려놓고 영의 움직임에 따르게 됩니다.

예수님의 손은 힘차게 높이 쳐들려 있고, 예수님의 눈은 오직 라자로만을 오롯이 향하고 있습니다. 이 눈길, 이 사랑겨운 눈길이 절망의 바닥을 치는 또 다른 라자로인 우리를 향하고 있습니다. 이 손과 이 눈길을 감지할 수 있는 순간도 바로 절망의 순간입니다. 복된 절망이여!

척종태, 수정마을의 십자기

평화를 이루는 사람들

설명할 필요도 없이 참 독특한 십자가, 예수님상입니다. 제가 접한 십자가 중 가장 독특한 것 중 하나라고 생각합니다. 십자가는 세상 수없이 널렸는데, 십자가를 지려는 사람이 많지 않은 것도 참 지독한 모순 중 하나입니다.

이 십자가를 처음 대면했을 때, 작가 최종태 선생님이 직접 모시고 성당에 안치하던 순간은 잊을 수 없는 한 장면입니다. 노작가의 작고 왜소하나 눈빛만은 청년보다 더 형형했던 모습과 한마디로 설명하기에는 너무도 많은 빛을 던지는 십자가가 동시에 저를 사로잡았습니다.

제 눈에 가장 먼저 들어왔던 것은 자세였습니다. 십자가에 못 박힌 것이 아니라 그 무거운 십자가를 가벼이 들고 날아갈 듯한 모습. 분명 확실하게 십자가에 달려 있음에도 달려 있다는 말을 무색하게 하는 자유로움과 온전한 비움이 절로 배어 나옵니다. 그다음 눈에 들어온 것은 커다란 손과 긴 팔이었습니다. 크고 넓은 저 손은 세상 누구라도, 어떤 존재라도 다 감싸 안을 듯 활짝 열려 있습니다. 누구도 저 손만은 거절

할 수 없을 것 같은 넓이와 품입니다.

그다음 이 십자가를 가장 독특하게 하는 요소로 예수님은 여성인 듯, 남성인 듯 어느 쪽으로 봐도 이상하지 않습니다. 그래서인지 위압감이 없습니다. 지나치게 여성적이지도 않은데, 쭉 뻗어 거침없는 몸은 단지 여성이라고 단정 짓지 못하게 합니다. 크고 튼실한 손과 발 또한 남성적인 힘참이 느껴지게 합니다. 마치 가슴이 여성의 것인 듯 느껴지는 부분은 시간이 갈수록 많은 것을 안겨줍니다. 인간의 생명의 젖줄인 어머니의 가슴, 사람에게 원래의 자리로 되돌아가고픈 마음을 생기게 하는 장소입니다. 이 풍요로운 가슴은 생명으로 가득합니다. 그리고 바로 위의 큰 손이 이 생명을 퍼 나릅니다. 그래서인지 가슴 넓이와 손의 넓이가 같습니다.

크게 뚫린 가슴의 상처는 이 자유로이 달려계신 분이 조금 전까지 어떤 혹독함과 사악함 속에 던져져 있었는지를 부정할 수 없게 만듭니다. 그 뚫린 가슴에서 빛이 터져 나오는 것을 볼 수 있는 이가 있을까요. 이런 사람이야말로 평화를 이루는 이들입니다. 자신 안에 평화가 없음을, 이웃 안에 평화가 없음을 처절하게 맛본 후, 빈껍데기로 자유로이 십자가에 달릴 수 있는 이가 우리 눈앞에 있습니다. 2,000년 전이나 지금이나 세상은 여전히 세상이며, 예수를 십자가에 달았던 이들 역시 세상 속에서 여전히 살아가고 있습니다.

그런데 우리는 이 십자가를 피하고자 안달하면서 평화가 없다고, 세상은 처절하고 사악하다고 부르짖고 있지는 않은지 모르겠습니다. 평화는 누군가 만들어내는 것이 아니라, 바로 이곳, 이분 안에서 결국 내 안에서 발견하는 것입니다.

빈센트 반 고흐(Vincent Willem van Gogh), 〈밤의 카페 테라스〉(1888), 캔버스에 유채, 크뢸러-뮐러 미술관

밤의 카페

밤 카페의 환한 불빛이 인상적입니다. 주위 모든 것들을 압도할 듯 밝은 노란 불빛이 화면의 3분의 1 정도를 채우고 있습니다. 고흐는 이 그림을 그릴 때 무엇을 염두에 두었던 것일까요? 그는 삶의 마지막 순간까지 영원과 삶의 의미를 추구했습니다. 이 환한 불빛이 그의 마음을 먼저 사로잡았을 것 같습니다. 밤거리, 밤 카페, 다정한 연인들 또는 외로이 홀로 앉은 이들, 사람의 관심을 잡아당기는 데 충분한 재료들입니다.

하지만 중요한 점은 이 따뜻한 불빛 아래 함께 차나 음식을 나눌 사람이 고흐에게는 없었다는 사실입니다. 그 고독함을 잔뜩 안고도 그는 이렇게 밝은 그림을 그렸습니다. 삶을 참 따뜻하게 보는 사람의 그림입니다.

고흐는 알면 알수록 참으로 종교적인 사람입니다. 일평생 그림을 통해 하느님 추구에 헌신했다는 말 외에 그를 표현할 말을 찾기 어려울 정도입니다. 물론 자신의 귀를 잘라버릴 정도로 심한 내적 고독과 격한 기질로 보아, 그는 선뜻 이해하기 쉬운 사람은 아닙니다. 하지만 그가 화가가 되기 전 선교사의 꿈을 안고 보리나주라는 탄광촌에 파견되었을 때, 어떤 조건도 없이 자신이 가진 것을 모두 (정말이지 말 그대로 모두) 그들과 나누고, 절박하리만큼 가난한 그들의 삶 속으로 기꺼이 뛰어들어갑니다. 자신이 입던 옷까지 벗어 헐벗은 이에게 건네주고, 그들처럼 감자 자루로 옷을 만들어 입었을 정도입니다. 그는 철두철미하게 예수를 닮고 싶어 했습니다.

이 정열 그대로 그는 그림을 시작했고, 그림의 소재 또한 참으로 소박했습니다. 그가 그린 인물 중에는 상류계급 사람이 하나도 없고, 당시 가장 낮은 계급의 사람들의 소박함과 가난에서 그는 예수의 흔적과 사랑을 감지합니다.

이 그림을 조용히 바라보노라면 그가 즐겨 그렸던 밤하늘의 별들이 도시 건물 사이로 조용히 다가오는 것을 느낄 수 있습니다. 화려한 카페 불빛과는 대조적으로 별들은 건물 사이로 겨우 모습을 보여주는 듯합니다. 〈별이 빛나는 밤에〉라는 그림 속 별들과는 또 다릅니다. 별이 외로워 보입니다. 카페에 앉아 정겨운 이야기를 나누는 사람들은 물론 거리에 지나다니는 사람들도 누구 하나 별들에 시선을 두지는 않습니다. 별이 있든 말든 상관없나 봅니다. 고흐는 자신의 처지를 보아주는 이 없이도 밝게 제 빛을 발하는 별에 투사하지 않았을까 생각해봅니다. 저 따뜻한 불빛 아래 함께 차 한 잔 나눌 사람 없는 자신과 저리 빛나건만 아무도 보아주는 이 없는 별빛, 참 닮긴 닮았습니다.

이 거리에서 별을 보던 사람은 고흐 한 사람뿐이었는지 모르겠습니다. 많은 경우 그렇지요. 고흐가 발견한 것, 고흐의 눈에 잡힌 아름다움은 다른 사람에게는 보이지도 않고, 보인다고 하더라도 그 속 아름다움은 잡히지 않았던 것입니다. 그 보이지 않는 것을 잡아내는 눈, 참 예술가요 참 종교인이었던 고흐의 눈입니다.

누가 바라보든 그렇지 않든 별들은 조용히 자신의 빛을 발할 뿐입니다. 아니 자신을 바라보는 고흐의 눈빛 하나면 충분하다는 듯 고요히 떨리는 빛을 발하고 있습니다. 애타는 목마름으로 영원을 그리워하는 이들에게 별빛은 무엇인가 속삭여줍니다. 그저 매일 그렇게 떠오르는 별빛이 어떤 이들에게는 생명을 살리는 희망의 속삭임일 수 있습니다.

따뜻한 커피 한 잔, 정겨운 대화 그 후에도 가시지 않는 공허가 아픈 사람은 홀로 외로이 밤하늘의 별을 바라보면 좋겠습니다. 함께 있어도 결코 해갈되지 않는 깊은 목마름이 있어 우리는 인간입니다.

풀잎의 노래

무심코 밟고
일부러 짓밟고

생채기 위에 또 생채기

구멍마저 뚫려

축 늘어져버린 풀잎

부드러운 빛

아마도 딴 세상인 게지

가만히 눈떠보니

별들이 어깨 위 소복이 앉아 있다.

별들이 땅 위로 내려오는 것은

슬픔에 무너져도

엄습하는 불안 가만히 감싸 안고

또다시 일어서는

풀잎의 어깨 다독여주고 싶어서지.

쉼

물리법칙으로 보면 이상한 자세임에도 참 편안해 보입니다. 이것이 예술적 상징의 힘입니다. 아마도 물리적으로 적절한 모습으로 조각해 놓았다면 뭐 사실 별것 없는 평범한 작품이 되고 말았을 것입니다. 하얀 색도 한몫합니다. 노란색이나 붉은색 계열이라면 아마 느낌이 달라질 것입니다.

이 편안함은 늘 바쁜 현대인에게 꿈만 같은 이야기입니다. 누구나 쉬고 싶어 합니다만, 많은 이가 쉬고 나면 더 피곤하다고들 합니다. 몸은 쉴지 모르지만 마음은 여전히 무엇인가에 쫓기고 있기 때문이겠지요. 특히 힘든 일이라도 겪은 사람은 쉬어도 쉬는 것 같지 않을 때가 많습니다. 그 무거운 짐을 내려놓지 못한 채 끙끙거리기만 합니다. 해결하지 못할 문제라면, 어차피 지금 당장 우리 자신의 힘으로는 해결할 능력이 없기 때문입니다. 누구보다도 자신이 이것을 잘 압니다. 그래도 잘 놓지 않습니다. 정말 놓지 못합니다. 자신의 힘으로 그 일을 해결하려는 움직임이 무의식적으로 우리를 조종하기 때문이지요.

내려놓음이 어디 그리 쉽던가요. 문제는 내려놓음 없이는 쉼도 없

최종태, 〈앉아 있는 소녀〉(2001), 대리석

다는 점입니다. 그런데 이 조각작품에 그 해답이 있습니다. 이 작품에서 가장 핵심은 소녀의 경청하는 자세입니다. 손에 귀를 대는 자세가 이미 보여주지만 온몸으로 듣고 있습니다. 표정 또한 절묘합니다. 그지없이 오롯합니다. 쉼을 그저 노는 것으로 보는 것은 우리 인식 안의 오류라고 보아도 무방할 것입니다. 저렇게 듣는 자세라면 온갖 일에 둘러싸여 있어도 그 사람은 편히 쉴 수 있습니다.

즉 경청이 문제나 사건 앞에 유일하지는 않더라도 참된 해결책이 됩니다. 일단 들을 자세가 되면 사건 자체를 해결하지 못한다고 해도, 그 사건이 내 인생에서 지니는 의미를 발견할 수 있게 됩니다.

"하느님의 사랑이 우리의 걱정보다 더 힘이 있다"라는 사실을 우리는 자신과 주위, 가족들에게서 경험해보지 못하고 자라왔습니다. 자신을 내려놓는다는 것이 어쩌면 가장 힘든 일인지도 모르겠습니다. 문제가 많을수록 뛰어야 하는 것이 우리네 상식입니다. 지금 당면한 힘든 그 일보다, 이 작업이 더 힘듭니다. 그러다 보니 차라리 사건을 해결하려 쌍권총 든 해결사로 나섭니다. 사건이 말해주는 이야기는 점점 더 듣기 어려워집니다.

온갖 일을 처리해내는 해결사의 첨단 능력도 참된 자유와 쉼을 얻게 해주지 못합니다. 세상 모든 것을 다 가지고 있어도 자유와 쉼이 빠져 있다면, 그런 사람처럼 불행한 이도 없을 것입니다. 이런 이는 결코 단 한순간도 쉴 수 없기 때문입니다. 자신이 가진 최고의 것을 늘 최고로 유지하려고 자신의 있는 힘을 다 소진할 테니까요.

그런데 이 소녀는 강해질 필요도 잘날 필요도 전혀 느끼지 않으며, 쏜 화살처럼 오롯이 그리고 고요히 무엇인가에 귀 기울이고 있습니다. 그리고 밖의 어떤 소리가 아니라, 마치 자신 안의 소리를 듣는 듯한 느낌입니다. 몸은 텅 비어 다가오는 것이 무엇이든 못 담아낼 것이 없어 보입니다.

쉼

쉬는 사람
님 안에 쉬는 사람

약함에
절망하지 않는 사람

약함이
다른 이를 담는 그릇이 되는 사람

고난 안에서
절절한 님의 사랑 듣는 사람

모든 것 받아들이고도

여전히 넉넉히 비어 있는 사람

피테르 브뤼헬(Pieter Brueghel), 〈바벨탑(The Tower of Babel)〉(1563), 목판에 유채, 빈 미술사 박물관

작고 푸른 별 지구를 위해

지진, 화산 폭발, 빙하 사라짐, 수해, 가뭄, 온도상승, 맹추위, 온갖 바이러스 전염병, 가축 질병, 방사능 유출 등 우리 지구 위에는 10여 년 동안 온갖 재해가 잠시도 쉴 틈 없이 덮쳐왔습니다. 사람들 마음속에는 뭐라 형언할 길 없는 불안이 시시각각으로 커가고 있습니다. 이런 가운데 몇 해 전 일본을 강타한 지진과 해일이 핵발전소를 엉망진창으로 만들어 결국에는 비극적인 방사능 유출로 이어졌던 사건이 아직도 기억에 생생합니다. 주위 수 킬로미터 내에는 사람이 살지 못하는 지역이 되어 일본 정부는 주민들을 강제로 이주시켰습니다. 최첨단의 기술과 자본을 자랑하는 일본도 인간이 스스로 개발한 도구가 부른 재앙에 대처할 길이 없어 보입니다. 그리고 그 사실을 어떻게 해서든 숨기고자 발버둥치느라 사태를 더욱 악화시키고 말았습니다. 일본의 수도원에서 오는 편지를 통해 지진 이후의 일본은 그전과는 전혀 다른 일본이 되었다는 말을 심심찮게 접하곤 합니다.

그런데 이 이야기가 단지 우리에게노 영향을 미칠 일본발 방사능 걱정만 하면 되는 일은 아닌 듯합니다. 방사능에 관해 아주 충격적인 내용을 어디선가 들었습니다. 지구라는 불덩어리가 식고 식어 땅과 바다가 생기고 산이 솟았지만, 이 지구상에 생명체가 나타나기 시작한 것은 방사능원소가 현격하게 줄어들었을 때부터라고 합니다.

신앙인의 감각으로 볼 때 생명체와는 도저히 공존할 수 없는 방사능원소를 하느님이 처리하신 것이라고밖에 볼 수 없는 것이지요. 그런데 그 끔찍한 것들을 인간이 온갖 노력을 기울여 다시 만들어내고 있다니요? 방사능의 심각성은 첫째, 그 독성의 지독함에 있습니다. 다른 독한 물질과 달리 인간의 어느 부분을 파괴하는 것이 아니라, 이놈은 인간의 염색체를 반으로 뚝 잘라버린다고 합니다. 그래서 온갖 종류의 암과 질병들을 유발합니다. 그리고 이놈은 수명이 거의 영구적입니다. 그 때문에 핵발전소에서 나오는 온갖 폐기물은 거의 영구적으로 지구를 황폐화시키고 있습니다. 그것들을 땅에 묻든, 바다에 던지든 언젠가는 우리에게로 돌아옵니다. 한마디로 핵발전소는 화장실 없는 아파트를 세운 것과 마찬가지라고 표현합니다. 화장실이 없으니 내다버리는 수밖에 없고, 잘사는 나라들은 가난한 나라에 이 폐기물을 돈 주고 팝니다. 못사는 나라는 핵발전소를 세울 힘이 없으니 방사능 폐기물도 없습니다.

이 얼마나 한심하고 한 치 앞도 내다보지 못하는 파렴치함인지요. 우선 당장 내가 피해입지 않으면 된다는 식의 막가파 인생들이 지금 이 세상을 좌지우지하고 있습니다. 이처럼 심각한 문제를 누군가에게 떠넘기고 자기 살길만 닦으면 된다고 말할 수 없는 지경에 이르고 말았습니다. 더 끔찍한 문제는 방사능 한 가지만이 아니라는 사실입니다. 지구 온난화 문제는 그레타 툰베리라는 아이가 깊은 호소력으로 어른들을 향해 또박또박 예언의 목소리를 외치건만 별 효과를 거두지 못하고 있습니다.

이 아이의 목소리가 희미해지는 순간, 코로나 바이러스가 창궐하기 시작했습니다. 아이의 목소리조차 무시하는 인간을 향해 지구가 아니 우주 전체가 지금 위험경고 신호를 보내는 것은 아닐까요? 코로나가 예언자처럼 보이는 것은 드디어 실성해버린 탓일까요? 이제 지구는 한 사람의 갸륵한 환경보호 노력으로는 어림반푼어치도 없는 위험수위에 도달했습니다. 툰베리가 그랬듯이 우리 모두 어떤 정책을 결정할 수 있는 위치에 있는 사람들을 향해 예언의 목소리를 내야 합니다. 지구적 회심이 필요합니다. 떨고 있는 작고 푸른 별을 살려야 그 속 인간도 살 수 있습니다.

아니 어쩌면 이 시대 인류는 망해도 지구는 살아남을지 모릅니다. 몇 차례의 멸망이 지구 생명의 길에 있었음을 과학이 밝혀주었지요. 망해도 할 말 없는 인류지만 그래도 끝까지 포기할 수 없으니까요. 망할 때 혼자 살려 하지 말고 함께 망할 것, 하지만 끝까지 함께 노력할 것.

수천 년 전 구약성경 사람들은 바벨탑이라는 이미지로 위험으로 치닫는 인간을 표현했습니다. 그것을 중세 화가 피테르 브뤼헬이 그림으로 표현한 것입니다. 중세에 살았던 그 역시 인간의 오만과 욕망의 무모

함과 위험을 표현하고자 했고, 결국 미완의 탑으로 그림을 마무리합니다. 미완의 탑, 그 앞에 우리는 서야 하는지 모릅니다.

가장 고독할 때

외롭고 적막한 순간
가장 따뜻한 말이
생겨납니다

남김없이 벗기우는 때에
가장 빛나는 빛을
입게 됩니다

아무것도 보이지 않을 때
꿰뚫어 볼 수 있는 눈이
열립니다

어떤 길도 없을 때
새로운 길이
열립니다